J'AI OUBLIÉ

Bulle Ogier
avec Anne Diatkine

J'AI OUBLIÉ

Éditions du Seuil

ISBN 978-2-7578-7962-7
(ISBN 978-2-02-141722-7, 1re publication)

À Barbet

J'ai oublié le nombre de fois où j'ai déménagé chez moi, dans cet appartement où je vis depuis cinquante ans, mais je sais que j'ai toujours plusieurs cartons à défaire et placards à ouvrir, et que je ne sais pas toujours où sont ces cartons et ces meubles que nous déplaçons Barbet et moi, de Los Angeles à Paris, et qui fondent sur l'asphalte bouillant de l'été, quand on les y laisse trop longtemps. Ici, c'est chez moi, c'est chez nous, et ce chez-nous n'a cessé de se métamorphoser au fil des décennies, il tient de l'accordéon, il s'est replié, déplié, est devenu minuscule puis plus grand, puis de nouveau tout petit et, aujourd'hui, je ne reconnais pas grand-chose de l'appartement initial d'où je n'ai pourtant jamais bougé depuis 1970.

J'ai oublié de quelle manière on réussissait à tenir tous ensemble dans la petite-chambre-salle-de-bains-cuisine, puis dans la chambre et une cuisine qui ne communiquaient pas, je me souviens qu'il fallait passer par le couloir de l'immeuble pour se faire à manger – mais je n'ai pas oublié nos dîners et nos fêtes dans l'unique toute petite pièce, et plus tard le grand lit du salon, car je trouvais bien qu'il y ait un lit dans le salon, pour que les gens puissent dormir, et c'est allongé et endormi que j'ai fait la connaissance pour la première fois de Werner Schroeter, me demandant qui était ce jeune homme qui dormait en chaussures au côté de mon ami Daniel Schmid, dont certains films sont en voie de disparition, et pas seulement parce que ma mémoire ne cesse de s'effacer. Je ne crois pas avoir jamais revu *Notre-Dame-de-la-Croisette* qu'on a tourné ensemble à Cannes, enfermés dans une chambre, le contraire de mon appartement toujours ouvert, tellement ouvert que la première chose que des voleurs ont volée, ça n'a pas été des bijoux, ça n'a pas été des vêtements, ça n'a pas été de l'argent, mais ça a été deux grosses portes en chêne d'époque, et je ne m'en suis pas immédiatement aperçue, puisqu'elles n'étaient jamais closes. Un jour on se dit, tiens, il n'y a plus de portes, où sont-elles passées ? C'était facile, les gens entraient, ils s'allongeaient sur le lit, il n'y avait pas de clef, et finalement, quand le propriétaire a repris la cuisine et qu'on s'est retrouvés de nouveau dans cette même chambre avec la cuisine et la salle de bains dans la même pièce, c'était très bien, j'ai eu tant de bonheur dans cet espace qui ne me paraissait pas du tout confiné. Longtemps, j'ai eu deux maisons, et elles étaient toutes les deux heureuses, des protections, et très différentes. J'avais une maison secrète et amoureuse, et une maison avec ma mère et ma fille, Pascale, pas très loin d'ici, et toutes les trois on s'élevait les unes les autres. Pascale m'a connue pas encore adulte, et j'ai connu ma mère si jeune elle aussi, on s'aimait d'un amour inconditionnel, ce trio, cette transmission de fille en mère et de mère en fille, ça a toujours été ce qui comptait le plus pour moi, chaque fois que je m'absentais, ou que j'étais à l'étranger, mes premiers appels étaient pour ma mère et pour Pascale.

J'ai oublié Mme Rémy, la gardienne qui m'avait expliqué que cet immeuble était un ancien hôtel meublé avec un monte-charge où le petit déjeuner était livré directement dans la chambre des clients, et j'aimerais bien aujourd'hui que, tous les matins, les croissants et le jus d'orange surgissent directement dans mon lit, d'où l'on voit la tour Eiffel en pied qui se reflète dans une glace, même si le monte-charge n'est jamais arrivé jusqu'au sixième étage, dans cet appartement qu'on pourrait croire le grenier de l'immeuble, ce qu'il n'a jamais été. Ici, dans cette pièce, a habité Carlo Bugatti, pas le constructeur d'automobiles, mais le décorateur, qui avait tapissé tous les murs en peau de galuchat.

J'ai oublié le nom de toutes les personnes qui ont logé dans cette petite chambre avant moi, mais je sais que c'était surtout des gens de cinéma dont Charles Boyer, dans les années vingt, quand il était le jeune premier des films de Marcel L'Herbier, puis qu'ensuite il faisait ses allers-retours entre les Champs-Élysées et Hollywood, comme Barbet le fera une cinquantaine d'années plus tard, habitant lui aussi, ici et ailleurs, aux États-Unis. Je sors dans la rue et j'ai tout à fait oublié que les Champs-Élysées étaient un cœur battant du cinéma, où l'on croisait François Truffaut qui rencontrait Éric Rohmer à la pâtisserie bretonne juste en bas de chez nous et comment les pâtissières, bretonnes comme leurs pâtisseries et initiées dès l'enfance à la météo fine, nous informaient : « Aujourd'hui, le vent vient de l'Étoile. » J'ai oublié ce vent qui vient de l'Étoile et comment on le distingue d'une brise de la Concorde, mais je me souviens que les pâtissières étaient expertes en météo marine du Trocadéro.

J'ai oublié que longtemps j'ai été la seule habitante de cet immeuble, qui ne comprenait que des bureaux, ceux du Losange fondé par Barbet Schroeder à 22 ans pour produire *Paris vu par*, ceux des producteurs Humbert Balsan et Stéphane Tchalgadjieff que Barbet avait fait venir, et au deuxième étage, ceux d'un producteur de films porno qui organisait ses tournages dans son office de manière très cool, ils ne prenaient que deux ou trois jours, mais ils se succédaient. C'était une maison-cinéma avec des films conçus à tous les étages, ça circulait, ça circulait beaucoup. L'immeuble était vide la nuit, donc on faisait des fêtes tout le temps. Ensuite, bien plus tard mais je ne sais plus quand, au cinquième étage, juste en dessous de chez moi, Jean-Luc Godard et Anne-Marie Mieville ont repris les bureaux de Humbert Balsan, parti s'installer aux Halles. Quand ils sont arrivés, la période de liberté de cet immeuble était déjà révolue, Barbet vivait la plupart du temps aux États-Unis, j'étais seule chez moi, la maison du Losange dirigée par Margaret Menegoz s'était déplacée dans un immeuble proche au 22, avenue Pierre-Ier-de-Serbie, ses bureaux s'étendent aujourd'hui sur dix-sept fenêtres, ils ne cessent de s'agrandir, je les ai comptées il y a peu, alors qu'il me semble qu'en vieillissant, je deviens plus petite, même mes yeux rétrécissent, aujourd'hui j'ai des yeux de lunettes, et je me souviens de ma mère qui disait : « C'est drôle comme mes yeux ont rapetissé, je ne saurais pas expliquer ce phénomène, si c'est le visage qui grossit ou les yeux qui se ferment. » Petit à petit, tout devient plus petit, puis il n'y a plus rien. J'ai oublié pourquoi Jean-Luc Godard me répétait : « Vous ne devriez pas mettre de talons, Bulle, cela fait du bruit. » Alors que je n'ai porté que des mocassins toute ma vie. Mais maintenant que j'ai récupéré les bureaux de Jean-Luc Godard et d'Anne-Marie Mieville pour y mettre mes archives et des machines barbares pour faire du Pilates qui rouillent car je ne sais pas m'en servir, j'ai compris que même les fantômes font du bruit lorsqu'ils marchent.

J'ai oublié comment j'ai réussi l'épreuve du permis de conduire, sur la si gigantesque place de l'Étoile puisque, une fois engagés, on n'en sort pas, on tourne, on tourne sans fin, il y avait un court-métrage d'Éric Rohmer sur cette question, c'était l'histoire d'un piéton qui ne pouvait pas traverser cette place car les voitures ne pouvaient s'arrêter. Je me souviens très bien combien le sésame du permis de conduire était une nécessité pour moi, l'appel du grand air et des voyages, avec Pascale, ma toute petite fille qui n'avait pas 2 ans, et très vite, j'ai acheté une 2 CV avec la vente d'une maison située sur le plateau de Millevaches, dont j'avais hérité à 11 ans de ma marraine Émilienne, la seconde épouse de mon grand-père, qui était une femme imprévisible. Chaque fois qu'elle était furieuse, elle grimpait sur la table et tirait au plafond avec son petit revolver en nacre. Mon grand-père l'appelait « mon lion ». C'était sa dactylo, elle mettait ma mère dans son lit et elle lui interdisait de s'endormir avant elle. Dès ma majorité, j'ai demandé au maire de s'occuper de vendre cette maison sans même y retourner et il a choisi de l'acheter pour trois francs six sous, qui m'ont permis d'acquérir cette 2 CV. Longtemps après, je me suis souvenue qu'il y avait des arbres, une rivière au milieu d'un champ, un piano, des lustres, des chandeliers, des miroirs, des meubles d'époque, plusieurs escaliers, des lits à baldaquin, un grenier, des combles, un soupirail, c'était une belle propriété. Mais avec ma 2 CV, j'étais contente. À l'époque, j'étais déjà seule avec Pascale, je venais de divorcer, et conduire représentait la liberté contre un peu d'essence, alors qu'une maison n'était que lourdeur et contraintes, ce n'était pas envisageable, pour moi, d'être si jeune propriétaire.

J'ai oublié la plupart de mes coups de cœur, quand je vivais chez ma mère, avenue de Versailles, après être retournée habiter chez elle avec ma petite fille sous le bras, pour mon plus grand bonheur avant même d'avoir divorcé, un an après m'être mariée. Mon mari était un musicien de jazz qui dormait avec deux revolvers sous le matelas au cas où, je n'ai jamais compris pourquoi il avait besoin de ces doudous tueurs pour dormir en paix. Peut-être avait-il des activités que j'ignorais, liées à la guerre d'Algérie ? Pour ne pas être mobilisé, il avait décidé de ne plus manger du tout. Le soir, il partait jouer dans des clubs et revenait à 8 heures du matin, je restais seule sans dormir, avec les deux revolvers qui perçaient le matelas et me rentraient dans les côtes. J'étais très contente d'aller revivre avec ma mère, elle n'a jamais été pesante, elle ne jugeait pas ma vie, elle me laissait libre, et je comptais sur elle pour s'occuper de Pascale quand je ne rentrais pas la nuit, pour vivre mes coups de cœur justement, qui aujourd'hui s'échappent de ma mémoire alors que l'intensité de cette liberté fracassante me reste à fleur de ma peau.

J'ai oublié mes nuits à La Coupole, où j'ai rencontré tous les gens que je connais. Ou plutôt que je connaissais. Mes amis meurent. Je suis sur cette pente de la vie. Je n'ai pas oublié mes nuits à La Coupole, mais elles reviennent à moi, comme une seule et gigantesque vague réjouissante qui m'aurait emportée pendant une ou deux décennies.

J'ai oublié que Marguerite Duras disait : « Bulle, ce n'est pas la nouvelle vague, c'est le vague absolu. » Et que Marc'O répondait : « Pas du tout ! Bulle, c'est une lame de fond ! » Mais peut-être est-ce plutôt Marguerite qui répondait à Marc'O, écrivain et metteur en scène, car dans sa pièce *Les Idoles*, où je jouais une chanteuse yé-yé dont la coupe de cheveux est un mixte de celle de Brian Jones et France Gall, je suis délurée et extravertie, au plus loin de la nonchalance errante et indéterminée, qui me collera à la peau ensuite. Je ne sais toujours pas, après soixante ans de métier, si ce sont les rôles qui modèlent ce que je suis ou moi qui influe sur eux. Je sais juste que, dans tous les films de Rivette, je porte mes propres vêtements.

J'ai oublié plus que tout au monde pourquoi je suis devenue actrice, moi qui étais si timide et détestais me montrer. J'avais pensé être hôtesse de l'air pour voyager, ou journaliste pour voir le monde et j'ai un peu travaillé chez Mademoiselle Chanel, grâce à Guy Béart qui avait épousé ma meilleure amie d'école et m'a présentée à Hélène Lazareff, la fondatrice et directrice du magazine *ELLE*. Mais je me souviens que chaque fois que Mademoiselle surgissait, je me planquais, elle me terrifiait, je n'avais pas l'allure exigée par les grandes maisons de couture de l'époque, et Mademoiselle Chanel, qui répétait toujours que l'élégance commence par les pieds, était beaucoup plus sévère que n'importe quelle impératrice du style. Or, je rêvais d'enlever mes souliers pour sentir le contact du marbre qui dallait les grands couloirs de la maison, on dit show-room aujourd'hui, et de retirer mes bas qui tenaient avec des porte-jarretelles, on était avant l'invention des collants, pour courir jambes nues. Je ceinturais mal ma blouse que je portais à l'envers, je la boutonnais dans le dos comme les jeunes filles de l'époque le faisaient, une jupe grise, un pull gris, j'étais passe-muraille, correcte sans plus, et pourtant je détonnais par rapport aux autres dames sophistiquées de la maison dans le paroxysme de l'âge, puisqu'elles avaient 40 ans, des dinosaures avec leur chignon, des dinosaures à cheveux, pour une jeune femme de moins de 20 ans. J'ai oublié comment je m'étais mise bien avec certaines d'entre elles, directrices de salon, qui m'avaient offert le privilège d'arroser l'escalier au Gardénia, lorsque la venue toujours explosive de Mademoiselle était annoncée. Il fallait que l'on sente le parfum, mais imperceptiblement, ce qui exigeait de la subtilité et un art du dosage, c'était une petite promotion d'être dévolue à cette tâche, qui changeait de celles de déplacer des chaises en prévision de défilés spéciaux ou d'arranger les fleurs quand de grands clients venaient. L'une d'elles avait un double des clefs, et elle m'avait fait visiter en cachette l'appartement de Coco Chanel et ses fameux paravents de Coromandel. On prenait de plus en plus de risques, comme celui, en fin de journée, de jouer à la cérémonie du thé dans son salon surpeuplé de bibelots, on vivait dangereusement, car, malgré tout, le rituel du thé, avec les tasses en porcelaine fine, prend toujours un peu de temps, et Mademoiselle habitait son appartement. Même si son vrai chez-elle, c'était le Ritz, où elle dessinait ses collections, allait se reposer des bruits de la ville, devisait. J'ai encore dans la peau ma frayeur pétaradante et l'impassibilité de la mannequin dont j'ai oublié le nom, lorsqu'on a entendu le bruit de la porte d'entrée, tandis qu'on était ainsi de passage, deux boucles d'or. C'était Mademoiselle, qui soudainement avait pour notre plus grand dépit entamé de tourner la serrure verrouillant la porte sans le savoir, puis changé d'avis, peut-être avait-elle oublié quelque chose au Ritz… Je n'ai jamais connu l'effervescence des collections, car au bout de six mois, j'en ai eu assez, je suis partie. Un ami est venu me chercher à la sortie de la maison Chanel avec Marc'O. Et ma vie a changé de direction.

Je n'ai jamais pensé que j'avais le profil pour être actrice. Je ne sais rien faire d'autre que jouer, et pourtant, si je ne joue pas, ça ne me dérange pas. Il n'y a aucune désinvolture ni once de condescendance dans mon propos. Je sais bien que l'absence de reconnaissance engendre des tragédies, tout comme le trop immédiat et gigantesque succès, et j'ai eu beaucoup de chance de me maintenir sur un chemin de crête, ne subissant ni l'ignorance ni l'impérieuse gloire, n'étant jamais dépendante d'un seul cinéaste dont j'aurais été l'objet. Je n'ignore pas qu'il est vital financièrement de travailler. Mais je n'ai jamais pu écrire aucune lettre, émettre aucune requête, pas par orgueil, mais parce que les cinéastes, il ne faut pas les ennuyer. Je n'ai jamais eu d'ambitions personnelles. Tout ce que j'ai fait, c'était pour ma mère et ma fille. Je suis une actrice de groupe, j'ai adoré que mes meilleures amies soient actrices, comme l'était Bernadette Lafont, je n'ai jamais éprouvé la douleur de la rivalité. Souvent, par négligence, j'ai oublié de répondre à ceux qui me sollicitaient et dont les films auraient pu être palpitants s'ils n'étaient pas restés dans les limbes où reposent les projets inaccomplis. Je m'en veux encore aujourd'hui d'être restée muette, quand Jean Eustache nous a donné, trois mois avant sa mort, à Jeanne Moreau et moi, trois pages de synopsis, pour un film qui aurait été la minuscule suite de *La Maman et la Putain*. L'une de nous deux aurait pris du Schoum et l'autre de l'Hépatoum, m'a rappelé un article d'Hervé Guibert dans un livre de recueil de ses textes. Il a peut-être inventé le nom de ces substances, en tout cas, je les avais oubliées. Le film aurait duré le temps d'une bobine de pellicule argentique. Mais je n'ai pas oublié ma culpabilité puisque je vis avec. C'est seulement après son suicide que j'ai pensé que porter un film aurait dévié la trajectoire de la balle qu'il s'est tirée, le 5 novembre 1981. Il aurait attendu de finir son film avant de se tuer, puis il aurait attendu encore, car un autre projet se serait intercalé entre la mort et lui, ne lui laissant aucun répit pour mourir.

J'oublie tous les matins, quand je me lève, que j'ai des scénarios à lire. Ou à l'inverse, la perspective de les lire m'occupe continuellement. Si la procrastination était un royaume, j'en serais sa reine, la reine d'un royaume au nom horrible. Mais si on change le nom de ce royaume, si on le nomme libellule, est-ce que la manie de tout reporter au lendemain devient aussi légère et invisible que les demoiselles du même nom ? Je n'ai jamais répondu à Arnaud Desplechin. C'est bien trop tard pour le faire, son scénario s'appelait *La Vie des morts*, je l'avais reposé sur le bout de la table, où d'autres scénarios reposent, il m'avait écrit une très longue lettre. J'ai pensé le lire, je n'ai pas pu, peut-être à cause du titre, je devinais qu'il risquait de me terrasser. Puis le film a été tourné, puis il est sorti, puis je l'ai vu, puis il est devenu le premier film d'Arnaud Desplechin, c'est-à-dire d'une œuvre en cours, puis il a reçu le prix Jean-Vigo, puis des décennies ont passé, plus de trente ans. Et je continue de me dire que je n'ai pas répondu à sa lettre, ni lu son scénario que j'ai cependant parcouru. J'aime bien quand un cinéaste me présente à un autre cinéaste, ce n'est pas de la cooptation, ce sont des flots, des agrégations de fleuves, et je me laisse porter par le courant. C'est cela que j'appelle faire carrière, si le mot a un sens, me concernant, puisque très vite, j'ai perdu toute idée de carrière et définitivement après la disparition de Pascale.

Je n'ai jamais oublié non plus que c'est à l'American Center, dans un hôtel particulier du boulevard Raspail qui a été détruit et remplacé par la fondation Cartier, où il y avait un jardin, une piscine, Henry Miller qui conduisait ses deux filles à la piscine, Tinguely et Rauschenberg qui mettaient leur bazar dans le jardin et des Américaines qui venaient manger des éclairs au chocolat français tout en dansant des valses durant des *tea parties*, que l'irruption de la violence a eu lieu en direct à la télévision constamment allumée, interrompant les valses langoureuses. Les jeunes filles se sont mises à hurler. Ce n'était pas un film. Ce n'était pas une fiction. Le président John Kennedy venait de se faire assassiner dans l'ambiance veloutée d'une musique de salon, et j'étais assise sur un des fauteuils dans ce salon dansant. J'ai oublié que dans les caves de l'American Center, il y avait des élèves de Boulez qui battaient leurs percussions, mais justement parce qu'ils étaient dans des caves, le bruit des percussions a masqué celui des coups de feu et ils n'ont rien entendu.

Je n'ai pas oublié, car les débuts dans la vie sont les seuls moments qui restent nets, que c'est à l'American Center que Marc'O avait créé son école que fréquentaient aussi Pierre Clémenti et Jean-Pierre Kalfon, Élisabeth Wiener et tant d'autres, et qu'il disposait d'une salle de 11 heures à 17 heures, pour travailler ses propres textes et mises en scène avec sa trentaine d'élèves, mais on n'utilisait pas ce terme. Il rêvait d'un théâtre où les acteurs auraient un rôle aussi déterminant que le texte et disposeraient de plages d'improvisation, une prétention tout à fait mal vue en France où l'on ignorait encore le Living Theatre. Moi, je n'étais pas étudiante, mais amoureuse, et je restais dans la salle, avec Pascale, ma chérie de 2 ans dans les bras. J'ai donc oublié pourquoi, mais pas comment je suis devenue actrice quand, au bout d'une semaine – mais j'ai pris un an pour me décider –, Marc'O m'a dit : « Tu devrais traverser la scène, ça te ferait du bien. » J'ai installé Pascale sur une chaise cannée de fils rouges, je me souviens de ses jambes qui battaient au-dessus du sol, j'ai traversé le plateau, et effectivement, ça m'a fait du bien. Les gestes n'étaient plus maladroits, j'étais de plein droit à ma place. Ce sentiment enthousiasmant de légitimité n'a pas annulé le trac. Encore aujourd'hui, juste avant de jouer, je suis une pelote de laine qui se dévide, je ne sais plus rien, je n'ai aucun savoir-faire, aucun repère, l'angoisse m'étreint, elle m'a toujours étreinte, sauf, mais je n'en suis pas certaine, au tout début, lors des premiers spectacles de Marc'O, avant même la création des *Idoles* et c'est à cette période que Pierre Clémenti, Jean-Pierre Kalfon, Bernadette Lafont sont entrés dans ma vie pour ne jamais en sortir.

Je n'ai pas oublié Madeleine Renaud qui avait mal partout avant d'entrer en scène, et moi qui avais sa taille et qui la tenais dans mes bras dans *Savannah Bay*, cette pièce que Marguerite Duras nous a offerte à Madeleine et à moi. C'est la seule fois où un trac annulait le mien, deux corps qui transvasaient leurs émotions l'un dans l'autre. Elle me disait : « J'ai si peur ma petite chérie, si tu savais comme j'ai peur. » Madeleine savait que les gens étaient en attente d'elle, qu'ils venaient pour elle, pour la voir, et quand on sent autant de pression autour de soi, on a encore plus peur. Je n'avais plus le trac car j'étais trop douloureuse, enfoncée dans un chagrin sans nom pour le ressentir, travailler, continuer de jouer m'ont sauvé la vie, durant les années après la mort de Pascale, ce n'est pas vrai qu'on sort de la douleur, on la dissimule simplement mieux, ce qui exige un effort permanent.

J'ai oublié comment je me représentais Dieu, et qui l'a remplacé quand je me suis réveillée, un bébé dans les bras, n'ayant plus d'amour que pour ma fille, alors même que j'ai grandi dans des instituts religieux et qu'enfant j'avais eu la vocation d'être une sœur, de n'adorer que Dieu, de sauver le monde par mes prières. J'ai oublié que je ne savais rien de comment on fait les enfants quand j'étais enceinte de Pascale.

J'ai oublié mon premier mariage, enceinte de six mois dans une très jolie robe blanche d'un grand couturier dont le nom m'échappe. Un ami qui voulait m'aider à faire de l'ordre dans mes placards l'a jetée dans une poubelle à vêtements et je me demande parfois dans quelle partie du globe elle a voyagé, quels rêves ou cauchemars elle recouvre, dans quelle soupente ou quel placard, elle est rangée ou roulée. Grâce à mon ventre, elle était assez ample pour napper une table et qu'on y découpe des serviettes et un dessus-de-lit en satin. C'est peut-être une autre jeune fille qui la porte, elle aussi enceinte de six mois, et qui l'utilise comme tenue quotidienne puisque, depuis longtemps, attendre un enfant n'engendre plus des noces obligatoires. C'était une robe signée Jean Patou, le nom du couturier me revient, il pleuvait des cordes pour me pendre, et je pleurais sur ma vie déjà enterrée à peine éclose. C'était un mariage en grande pompe, dans un manoir, mon frère me tenait le bras. Heureusement, ma mère et ma belle-mère sont immédiatement devenues les meilleures amies du monde, reconstituant à elles deux une famille ultra-féminine. Je ne me souviens pas comment j'ai annoncé la nouvelle de ma grossesse à ma mère qui, comme toujours, a bien pris la situation, elle était heureuse de l'arrivée d'un bébé, mais, immédiatement, le fardeau de l'annonce était dans ses bras, puisqu'elle était à son tour dans l'obligation de se demander comment elle allait prévenir ma tante très catholique et le reste de la famille de ce qui constituait à l'époque une catastrophe : être fille-mère. Pour ma mère et pour ma future belle-mère il n'était pas question que je ne me marie pas.

J'ai oublié ce brusque et énigmatique instant où tout d'un coup je suis entrée dans le monde, et suis devenue, comme on disait à l'époque, une fille dans le vent, passant de celle qui ne sait rien à celle que l'on suit et regarde, parce que émane d'elle quelque chose qu'elle ignore elle-même mais qui symbolise l'intensité du moment. Je n'ai jamais compris pourquoi, moi qui viens d'une famille bourgeoise – ma mère, peintre, était bourgeoise –, j'ai tout de suite adhéré à ce qu'il y avait de plus marginal, même si je n'avais aucune conscience de faire partie de l'underground, préférant me fondre dans la foule qui dansait, parce que j'aimais danser et m'habiller. J'allais à Londres, chez Biba, à Carnaby Street, je faisais le voyage rien que pour m'acheter une robe, et il n'y avait pas de tunnel. Je partais avec Pascale retrouver William Blake, le peintre préromantique qu'elle aimait tant, et qu'on allait voir toutes les deux à la Tate Gallery chaque fois qu'on était à Londres, il l'a accompagnée de la préadolescence jusqu'à la fin de sa vie. Puis on allait chez Harrods acheter du thé Fortnum & Mason, des brosses à cheveux Mason Pearson et du parfum de Floris.

J'ai oublié à quel moment j'ai pris l'habitude d'être addict à l'oisiveté, mais il est possible que cette quête obstinée date de l'enfance, quand ma mère, me voyant faire mine d'écrire mes compositions à la maison après la classe, s'exclamait : « Oh non, ne travaille pas, ça va te fatiguer. » J'ai oublié les Maxiton que l'on volait sur les étagères du père psychiatre de ma camarade de classe, qui me prescrivait du Gardénal pour dormir, car l'institutrice trouvait que ce n'était pas possible, cette enfant qui tombait la tête dans les bras sur son pupitre, quand elle expliquait les règles de l'accord du participe passé avec l'auxiliaire avoir. Aujourd'hui, l'étrangeté de la phrase de ma mère me frappe : de quoi me serais-je fatiguée en faisant mes devoirs ? Il faut pousser les enfants, sinon ils ne font rien, et je n'échappai pas à la règle.

J'ai oublié combien je me suis tout de suite reconnue dans la phrase de Marguerite Duras : « Si j'avais le courage de ne rien faire, je ne ferais rien », et pourtant je ne sais jamais si ce courage me manque ou s'il me submerge, car j'ignore si je ne fais rien ou si je travaille, une actrice qui s'interdit de rêver n'existe pas. Je fais beaucoup de choses de mon lit. Je tombe dans un puits sans fond, aux parois lisses, sans aucune mousse pour me rattraper. Je suis dans mon lit et je tombe, et il faut parfois beaucoup plus qu'une sonnette pour m'extraire de ce puits. Je n'oublie pas cette chute, puisqu'elle a lieu tous les matins, chaque fois qu'il faut se réveiller, s'ébrouer, alors qu'atteindre le sommeil est chaque nuit mon épopée.

J'ai oublié pourquoi je me réveille chaque matin – si toutefois c'est le matin et si toutefois je me réveille – avec des caisses de plusieurs années et des placards d'un siècle à ranger. Un siècle, c'est peu dire : il y a trois générations sur les étagères de mes placards. Ma mère, ma fille et moi. Toutes les photos de Pascale, ses écrits, ses objets, ses projets de films. Je n'ai pas oublié que pendant quelques années, j'ai eu un psychiatre très sympathique, presque trop sympathique, qui voulait toujours m'envoyer sa femme pour qu'elle range mes placards. C'est ce qu'elle aimait : ranger les placards chez elle et chez les autres, et elle tyrannisait son mari par cette aptitude jamais définitivement satisfaite. J'ai toujours refusé, les trois étagères que mes placards contiennent et mes archives dans les anciens bureaux de Jean-Luc Godard et d'Anne-Marie Mieville sont beaucoup trop intimes pour laisser quelqu'un d'extérieur à ma mémoire y mettre de l'ordre. À chacune des propositions de mon psychiatre, je m'efforçais de tenir une distance, mais il réitérait. Puis il s'est séparé de sa femme rangeuse des placards des autres, il a attrapé une méningite, il a fait un burn out, il est parti à Soissons, il a dirigé un service psychiatrique, et il a disparu. Je n'ai jamais retrouvé de psychiatre aussi sympathique, aussi expérimental, malgré sa volonté obsessionnelle que sa femme aille mettre de l'ordre dans mon appartement, ce corps extérieur, disait je ne sais plus quel écrivain célèbre, la citation était écrite dans un article du *Monde des livres* hier, et j'ai déjà oublié de qui il s'agissait. J'ai échappé à un autre psychiatre, celui de Luc Bondy et de beaucoup de mes amis, dont Pauline qui vivait chez moi. Il avait une particularité, il était à la fois héroïnomane et cocaïnomane, et il est mort, laissant lui aussi ses patients tout à fait seuls. Mais c'est grâce à lui que j'ai connu ce psychiatre si sympathique, dont la femme aurait pu m'expulser de mes rangements en les faisant à ma place. Je suis rentrée de New York aujourd'hui et ma cave est inondée.

J'ai toujours l'obsession qu'il faut que je range mes tiroirs parce que, si je meurs, je ne dois pas encombrer Barbet. Le devenir, c'est compliqué pour moi. Alors pourquoi devrais-je donner à refaire les deux canapés blancs qu'on a ramenés de Los Angeles et qui se sont rigidifiés comme une strate de ma mémoire ? Pour qui ?

J'ai oublié, heureusement, que sur mon état civil, je m'appelle France comme la France, ou plutôt Marie-France, comme ma grande sœur qui s'appelle également Marie-France, et avec laquelle je n'ai pas grandi, on ne se ressemble pas du tout, elle mesure 1 m 82, elle a 82 ans, elle paraît beaucoup plus jeune que son âge, elle est très blonde, et elle est toujours couverte de bijoux. C'est un clown, ma sœur. Un clown qui a été mannequin chez Maggy Rouff, haute couture, 25, avenue Matignon, Paris, dont la griffe ressemblait, avec tous ses *ff* et ses *gg*, à des notes de musique, alors que j'ai seulement été petite main chez Chanel. Mais peut-être a-t-elle été modèle également pour Madeleine de Rauch, une maison de couture disparue elle aussi, qui concevait des vêtements féminins pour faire du sport, des ancêtres du jogging, à l'époque où les femmes bourgeoises ne passaient pas leurs week-ends à courir. L'évidence de son nom est apparue d'un seul coup, sans que je comprenne comment, tandis que je traversais la place de l'Alma et passais devant les immeubles qui l'avaient abritée.

J'ai toujours pensé que ma sœur avait peut-être hérité du gène des bijoux, puisqu'il se raconte que notre arrière-arrière-grand-père paternel concevait ceux de

Joséphine de Beauharnais, et qu'aujourd'hui on dit que tout est génétique et même épigénétique, terme que j'ai entendu à la radio cette nuit, sans que la clarté de son sens demeure plus longtemps que la parole de la chercheuse spécialiste.

Avec les années, je me suis mise à aimer beaucoup le prénom Marie, qui me déplaisait à l'époque où la foi m'avait quittée. France, ce n'était pas possible de le garder, le pays était en pleine guerre d'Algérie, et je refusais d'arborer un prénom patriotique, alors même que des Algériens étaient jetés dans la Seine et massacrés. Marie-France Pisier a très bien porté son prénom à peu près à la même époque, tout en étant actrice et de gauche, mais son père était gouverneur, ce n'est pas pareil. Je n'ai pas le souvenir d'en avoir parlé avec elle. J'ai oublié pourquoi la chanteuse Marie France, elle aussi rencontrée durant des escapades nocturnes, mais surtout à l'Olympic Entrepôt, le cinéma-restaurant-librairie de Frédéric Mitterrand, a choisi d'associer ce prénom à ce nom, mais sans tiret. Ou peut-être que je ne l'ai jamais su.

J'ai oublié comme tout le monde le jour de ma naissance, mais j'ai toujours su que, bébé, je criais sans relâche. Si bien que ma mère me roulait dans une couverture et me déposait dans l'escalier pour ne plus m'entendre, elle n'en pouvait plus. Mais comme les voisins étaient très tolérants, ils ne disaient rien, ils supportaient mes cris. Je suis née avant que l'on sache que le bébé est une personne. Ma mère était adorable, c'était la femme la plus gentille qui soit. Plus tard, elle m'enfermait dans le placard, jusqu'à ce que j'arrête de hurler de fureur parce que je ne voulais pas dormir. Je n'ai jamais dormi simplement. C'est l'une des caractéristiques qui ont le plus influé sur ma manière d'être en vie.

J'ai oublié l'unique fois où j'ai rencontré mon père, à l'enterrement de mon frère aîné mais je n'en ai pas d'autre. Il m'a dit : « Bonjour, madame. » Je lui ai répondu : « Bonjour, monsieur. » Nous en sommes restés là. Je connaissais mon frère, car, à 16 ans, il était retourné vivre chez sa mère qui était aussi la mienne, donc avec moi, sa petite sœur, et les amis de mon frère, c'étaient des paras, des gens d'extrême droite. Ma mère était une excentrique, on déjeunait sur la table de ping-pong, il a dû s'habituer à l'excentricité de sa mère, qui ne l'avait pas élevé, car toute la fratrie a été disjointe quand mes parents se sont séparés et que ma mère a été chassée de chez elle et de sa vie confortable avec son bébé de 6 mois. Je me suis toujours sentie coupable que ma naissance soit responsable de ce que ma mère soit mise à la porte de chez elle à une époque où il était très mal vu de vivre seule avec son bébé, tandis que mon frère demeurait chez son père, et ma sœur chez ma grand-mère paternelle. Ma mère a donc été séparée de ses deux enfants aînés à cause de moi, et eux, d'elle. On est trois frère et sœurs qui avons chacun grandi dans des familles différentes, et j'ai été, faute d'être avec mon frère et ma sœur, la fille unique de ma mère, la seule avec laquelle elle a vécu, bien plus longtemps que ne l'exigent les usages, puisque j'ai habité chez elle jusqu'à l'âge de 30 ans, elle m'a tellement maternée que j'ai toujours pensé qu'elle était la meilleure mère possible pour ma fille. J'ai oublié qu'elle avait pu souffrir de ne plus voir ses enfants aînés, je n'ai jamais su si elle avait idée qu'elle les reverrait un jour, ni si cette question la hantait, car je ne revois aucune douleur ou tristesse en elle, elle prenait la vie du bon côté. Je ne sais pas comment ma sœur aînée, qui n'a donc pas grandi avec elle, a hérité de ce trait de caractère perpétuellement joyeux, elle prend toutes les catastrophes de sa vie avec légèreté. Je me souviens que j'étais une enfant mélancolique et timide, emmurée dans ses secrets, horriblement gênée quand, à l'école, on me demandait où était mon père, mon frère, ma sœur, « on ne les voit jamais », puisque, à l'école, je disais que j'avais un père, un frère, une sœur, tous trois invisibles, donc. La culpabilité est ce qui dévore ma vie depuis toujours. Il n'y a pas besoin de raison pour se sentir coupable. C'est une sensation comme la peur, elle se passe de motif, elle peut s'agripper à n'importe quoi. Il pleut. Ce doit être ma faute.

Je ne sais pas si j'ai envie de l'écrire, mais ça m'a bien arrangée d'être mise à la marge de la famille Thielland, quand j'ai appris que certains d'entre eux étaient des antisémites d'extrême droite, le pire du pire du pire, soutien financier et ami de Jean-Louis Tixier-Vignancour, proche de l'OAS et de Le Pen père. Grâce à son rejet, j'ai échappé à cela : avoir un père ultra. J'ai toujours su que si je n'étais pas née, ma mère serait restée une femme mariée et une épouse charmante. On peut aussi penser que ma conception lui a permis de s'évader de cette vie qui tournait à l'enfer, mais si j'avais pu adopter ce point de vue, j'aurais été une autre personne, tout à fait différente de celle que je suis devenue, développant d'autres aptitudes. M. Thielland, qui était donc mon père officiel et inconnu de moi, était le meilleur avoué de Paris, dans son hôtel particulier de l'avenue George-V, il ne faisait que les divorces. Il s'est donc très bien débrouillé pour son propre divorce. Je n'ai jamais compris d'où venait sa fortune car les gens divorçaient peu à l'époque, et être avoué, c'était minable, disait mon grand-père maternel, qui n'aimait pas du tout celui qui fut son gendre. J'ai tout oublié de ma grand-mère maternelle que je n'ai pas connue, car elle est morte quand ma mère avait 5 ans. L'homme de sa vie, c'était son père. Il n'y en a pas eu d'autre, et je n'ai pas le souvenir d'avoir eu un beau-père ou d'avoir vu un homme dans sa chambre ou dans sa salle de bains, c'est bien plus tard que j'ai découvert que ma mère était une grande amoureuse, comme sa petite-fille Pascale.

J'ai oublié, et avec moi le monde entier, ce *Triomphe de l'amour*, où, pour la première fois, mon nom est apparu sur une affiche. Je m'appelais Bulle Thielland. Bulle, car c'était ainsi que me nommait mon oncle, le frère de ma mère qui était aussi mon parrain, lorsqu'il tapotait sur le ventre de sa sœur enceinte en lui demandant : « Comment va ta Bulle ? » Si bien que ma mère et à sa suite tous mes amis m'ont toujours appelée ainsi. Mais je me souviens que j'ai trop souvent raconté cette histoire, car on m'a trop souvent demandé la provenance de mon prénom, si bien que l'anecdote s'est figée, dégagée de toute vérité. Ce n'est pas qu'elle est fausse, mais qu'elle ne correspond plus à rien. Les histoires qu'on raconte s'éteignent à force d'être répétées. J'ai dû répondre à cette question des milliers de fois.

Mon père officiel, qui n'était sans doute pas mon père, mais personne ne me l'a jamais dit, a fait savoir par courrier recommandé avec accusé de réception qu'il refusait que je porte le nom de Thielland en tant qu'actrice. Peut-être que si j'avais fait le Conservatoire ou si j'avais été pensionnaire à la Comédie-Française, il en aurait tiré de la fierté et ne se serait pas manifesté. J'ai repris le nom de ma mère avec beaucoup de plaisir. Je n'oublierai jamais que l'unique fois où mon père a été salvateur à mon égard, c'est lorsqu'il m'a retiré le droit de porter son nom.

J'ai oublié que ma mère me disait : « Viens, on va voir les feux d'artifice. » J'avais 3 ans, les bombes tombaient, et ma mère était toujours la dernière à descendre à la cave, car elle voulait regarder. Paris n'a pas été bombardé, mais j'en ai longtemps été persuadée à force d'halluciner ces « feux d'artifice » qui sont mon premier souvenir. Plus de quatre cents morts en une fois, à Neuilly, Clamart, Villejuif, Boulogne-Billancourt, qu'on voyait très bien de chez nous, dans ce petit appartement en hauteur à la frontière du XVIe arrondissement. Ce souvenir se mêle à un autre, car, à la même période, et j'ai tout oublié du voyage, j'étais également en Mayenne, dans la cave d'un manoir qui appartenait à la sœur aînée de ma mère, ma tante excessivement pieuse, qui l'a élevée, lorsqu'elles ont été toutes les deux orphelines de mère. Les Allemands avaient réquisitionné ce domaine mais autorisé à toute la famille – ma mère, ma tante, mon oncle, mes six cousins, et moi – d'y rester à condition qu'on ne quitte jamais le sous-sol. Il y avait des casseroles, des matelas, sur lesquels on dormait tous ensemble. Avec mes six cousins, je me suis beaucoup amusée dans cette cave. Il n'y avait rien à manger, et mon oncle répétait : « On va cuisiner la Bulle comme une tête de veau. » C'était un choc épouvantable d'imaginer toute la famille se nourrir de ma cervelle. Parfois, on réussissait à s'échapper par des souterrains, et on ressortait du tunnel sur la poterne du château à Sainte-Suzanne. Puis on marchait des kilomètres, pour déguster de délicieux œufs à la neige et à la vanille dans une ferme, avant de refaire ces dizaines de kilomètres pour retourner dans notre cave. Il y avait des chevaux percherons qui livraient d'énormes bidons de lait, sans humains pour les conduire. Du moins, je ne voyais pas de cavaliers. On m'avait dit : « Ne t'approche pas des chevaux, parce qu'ils scalpent les cheveux. » Je trouvais étrange qu'un animal ou même un humain puisse scalper une tête avec des sabots, être sans doigts et sans mains ne m'apparaissait guère pratique pour cette opération. Mais c'était avec leur mâchoire qu'ils arrachaient les cheveux. La nuit, j'attendais qu'un cheval marche sur mon matelas. Alors je le guettais, je restais éveillée. Quand je m'endormais, je sursautais, prise du sentiment paniquant qu'un cheval percheron s'était allongé à côté de moi et me humait avec ses naseaux. À Paris aussi, le claquement des sabots des chevaux percherons qui livraient le lait aux aurores rythmait mes cauchemars et tourmentait mes nuits.

Ces souvenirs de cave sont parmi les plus merveilleux de ma vie. Merveilleux, car ma cousine et moi savions qu'un parachutiste américain avait atterri dans le jardin du manoir et qu'il s'était caché avec son parachute entre le mur en tissu et les pierres, derrière une porte dérobée. C'est mon premier amour, et il s'appelait Banks, je n'ai jamais su l'orthographe de son nom. Il avait réussi à s'aplatir et devenir si fin qu'il tenait entre les tentures et la paroi. Ma cousine et moi étions les deux fiancées de Banks, et nous nous le disputions, car deux, c'est toujours trop pour un seul être. On le cherchait partout, et un jour il a surgi, lors du départ précipité des Allemands, il avait gardé son parachute et il était exactement comme je l'imaginais, extrêmement beau, comme Barbet. Il avait sympathisé avec l'un de mes cousins beaucoup plus âgé que moi et ingénieur, qui construisait des avions dans le garage du manoir, et qui a continué toute sa vie à fabriquer dans son petit atelier des biplaces capitonnés, qui traversaient la Manche. Dans l'écurie de ce manoir, un autre cousin avait découvert une cachette avec une correspondance amoureuse en allemand.

J'ai oublié combien de temps nous sommes restés en famille, cachés dans la cave du manoir à Sainte-Suzanne, mais je me souviens très bien du balcon sur les Champs-Élysées, au niveau du magasin Vuitton aujourd'hui, où je regardais la liesse de la Libération de Paris et de ma mère, qui m'avait dit, « ne bouge pas, je reviens tout de suite ». Elle s'était éclipsée pour aller danser toute la nuit, comme à peu près tout le monde et comme je l'ai si souvent fait plus tard, et je n'ai pas bougé, la regardant fascinée disparaître dans la foule joyeuse, jusqu'à ce que les voisins m'emportent. Elle était une bourgeoise mais une bourgeoise fantaisiste, qui vivait grâce à l'argent que lui avait laissé son père, actionnaire chez Michelin, car la légende raconte que c'est l'arrière-grand-père Ogier, chimiste réputé chez Dunlop, qui avait proposé à son copain Michelin une formule ingénieuse de caoutchouc qui a fait la fortune de l'entreprise. Mon arrière-grand-père avait fait breveter son invention, et mon grand-père a exporté Michelin aux États-Unis, où il était le représentant de l'entreprise. Je me souviens qu'il est revenu des Amériques avec un petit orgue en bois de rose fabriqué exprès pour lui dont il jouait à 4 heures du matin, fenêtres ouvertes rue de Bourgogne. Il était très content d'avoir offert son premier orgue à l'organiste Marcel Dupré, que nous allions écouter tous les dimanches à Saint-Sulpice quand nous n'étions pas aux concerts Colonne. Ma mère était également héritière des ardoisières d'Anjou. Puis, en un clin d'œil, pour une raison que j'ignore, le brevet de caoutchouc a cessé de rapporter, elle n'a plus eu d'argent du tout, et elle s'est mise à produire à l'aquarelle des bouquets de fleurs en pagaille qui se vendaient très bien, il y a une clientèle pour la représentation des bouquets, qu'elle a exposés jusqu'à la fin de sa vie dans une galerie place des Vosges, ne renonçant pourtant jamais à un travail personnel beaucoup plus intéressant mais qui ne lui rapportait rien.

J'ai oublié la grande toile blanche installée par le vicaire de Sainte-Suzanne dans le champ qui jouxtait le plan d'eau l'été, et qui déplaçait son écran et les spectateurs dans une grange à partir du 1er octobre. Le premier cinéma de ma vie s'était évaporé de ma mémoire, jusqu'à ce que mon cousin François, qui a le même âge que moi, l'évoque incidemment. Toute ma vie d'actrice, j'ai été incapable de répondre à la question du premier film vu. On était assis tous les deux en tailleur à même l'herbe et sans couverture, et le vicaire projetait *Madame Miniver* de William Wyler et *Monsieur Vincent* de Maurice Cloche, qui devait être une histoire de curé. Même si plus personne ne me demande quel a été le premier film que j'ai vu, je suis contente de m'apercevoir que le cinéma est entré dans ma vie beaucoup plus tôt que je le croyais, et que c'était au côté de mon cousin préféré. À quelques mètres de l'écran, donc, il y avait la « piscine », les maillots de bain en laine des garçons, leur gêne d'être soumis à une manie tricoteuse absurde qui faisait fi de leur pudeur quand ils étaient dans l'eau. Je me souviens qu'on battait des pieds en s'agrippant à un tronc. Je ne touchais pas le fond, cela j'en suis certaine. Mais mon cousin François m'a lancé cette phrase qui m'a sidérée : « Tu te souviens ? Ta sœur était déjà grande. Même si elle ne mesurait peut-être pas encore 1 m 82, elle pouvait marcher dans l'eau. » J'ai été stupéfaite d'apprendre presque par inadvertance que j'avais passé quelques jours de vacances avec ma sœur. Ma mère avait probablement parfois l'autorisation de voir sa fille aînée. Je n'ai aucun souvenir de ces moments partagés, alors même qu'avoir une sœur et un frère inconnus a alourdi mon enfance comme des pierres dans mes poches.

Enfant, je détestais Noël encore plus que maintenant car on le fêtait avec la sœur de ma mère qui était très pieuse, à Clermont-Ferrand ou à Sainte-Suzanne en Mayenne. On allait à la messe de minuit, l'église était glaciale, on revenait dans le manoir qui n'était pas chauffé, on ouvrait nos paquets. Et il n'y avait rien dedans. Parfois un peigne ou un crayon de couleur. Il fallait remercier le petit Jésus qui nous faisait un cadeau, refaire une prière sur le carrelage glacé, alors qu'on sortait tout juste de la messe. Avant la messe, on dînait, mais comme ma tante avait sept enfants, on se partageait un poulet pour dix – il n'y avait que des femmes, mon oncle, centralien, était toujours en mission le 25 décembre. Peut-être que j'exagère. Peut-être qu'on m'offrait quatre crayons de couleur et une paire de chaussettes. Mais de toute manière, c'étaient des paquets tristes, avec des choses utiles dedans. Et il n'y avait pas de père Noël – trop païen –, ni de sapin. Plus tard, ma fille Pascale a adoré Noël – elle faisait très bien les paquets avec du bolduc, elle savait décorer une maison pour la fête – et elle me poussait à accepter l'invitation chez ma sœur, où il y avait un sapin décoré, une dinde, des huîtres, du foie gras. C'était très luxueux. Un cauchemar. Je me fais toujours avoir par Noël, car il y a toujours quelqu'un qui m'invite. Mon rêve serait de passer la journée du 25 au lit. J'accepte les invitations, car j'ai un sens moral aigu qui m'empêche d'être paresseuse. C'est pareil avec ce que je sais un tout petit peu faire : être actrice. Je me dis qu'il faut y aller. Maintenant j'ai décidé de dire non.

J'ai oublié le nombre de caves qui ont compté dans ma vie, mais je sais qu'elles sont nombreuses, toute ma vie j'ai eu une cave à débarrasser et, depuis hier, celle de mon amie la princesse papale romaine, qui a laissé ses meubles en sous-sol, rue Casimir-Perier, où ma mère m'avait légué un appartement que Pascale repeignait toute seule dans la canicule du mois d'août, l'été qui a précédé son succès, son grand prix d'interprétation à Venise pour *Les Nuits de la pleine lune.*

J'ai trois cent quatre-vingt-dix-sept paires de chaussures à la cave, elles doivent être dures, car ça fait longtemps qu'elles sont dans leurs petits cercueils de carton. Marceline Loridan a porté des talons toute sa vie. Marguerite Duras, elle, avait ses petites bottines de quatre centimètres, tout de même, de hauteur. Elle ne marchait pas beaucoup, sauf à Trouville parfois. Elle s'intéressait aux mouettes, comme à tout. « Tu vois, ces bâtons dans l'eau, c'est le Mékong. » « Tu vois, cette avenue, Pierre-Ier-de-Serbie, c'est le Mékong. » Elle voyait le Mékong partout. Elle m'avait poussée à acheter une chambre à l'hôtel des Roches Noires, j'ai accepté pour Pascale, pour qu'elle puisse partir en week-end, quitter Paris, mettre des pauses à son effervescence, j'étais inquiète qu'elle ne se ménage pas. J'ai revendu l'appartement trois semaines après sa mort, à son ex-compagnon Benjamin Baltimore. Tout le monde le voulait, cet appartement.

L'une des caves les plus essentielles de ma vie appartenait à Maurice Girodias, le fondateur de The Olympia Press – je suis contente, le nom est remonté spontanément –, l'éditeur de Henry Miller et de *Lolita* de Nabokov, censuré toute sa vie et même après sa mort. C'était une époque où je passais mes nuits de cave en cave alors même que la période de l'existentialisme était terminée, on allait du Club Saint-Germain, rue Saint-Benoît, à celle de La Grande Séverine, rue Saint-Séverin, et je me souviens très bien combien Maurice Girodias était fier d'avoir découvert, peut-être à l'aide de Boris Vian, une cave du XVIe siècle, qu'il avait transformée en minuscule salle de théâtre, avec une vraie scène conçue exprès pour Marc'O, car il avait été emballé par une représentation de sa pièce *Le Printemps*. J'ai oublié la configuration de La Grande Séverine, cette mini-factory parisienne au moment où Andy Warhol développait la sienne à New York. J'ai lu dans *Une fille* le beau récit que Juliette Kahane consacre à son père Maurice Girodias, que l'immeuble était brinquebalant et le corridor tapissé de velours lie-de-vin avec des banquettes défoncées où des filles étaient bousculées, l'atmosphère paraît glauque, alors que je me souviens d'un magnifique hôtel particulier sur plusieurs niveaux, peut-être parce que seule la cave moyenâgeuse m'importait vraiment. Je n'ai pas oublié l'étrangeté de chavirer à chaque étage de pays en pays, d'entreprendre des virées en Russie, au Brésil, à New York, grâce à son restaurant, son cabaret, son club de jazz où se produisait toujours une excellente chanteuse de blues, la multitude des mondes contigus grâce à des passages secrets et invisibles m'évoque rétrospectivement l'univers de David Lynch. Dans la cave, je retrouvais Marpessa Dawn, Élisabeth Wiener, Michèle Moretti, Pierre Clémenti, pour jouer *Les Play Girls*, l'histoire de quatre filles qui cherchent du travail, une pièce chantée et dansée que Marc'O avait écrite en s'inspirant de nos mots et maux. Je dis Marpessa Dawn et je m'aperçois que tout le monde a oublié cette star mondiale adulée après qu'elle a été l'Eurydice d'*Orfeu Negro* de Marcel Camus, Palme d'or à Cannes et Oscar du meilleur film étranger, ce qui lui donnait une certaine stature. Elle est morte incognito, en toute discrétion, sans mention dans la presse et dans une certaine pauvreté, à Paris. Moi-même qui ai joué avec elle, je ne saurais plus préciser sa présence, lui rendre hommage autrement que par des épithètes, « adorable », « splendide », « chatoyante », je pensais qu'elle était brésilienne malgré son français parfait et sans accent, j'ignorais qu'elle était née dans une ferme en Pennsylvanie et qu'elle avait été laborantine avant d'être chanteuse, danseuse, actrice. On croit très bien se souvenir de ce qu'on a vécu jeune, les lignes qui apparaissent clairement au fond du corridor de la mémoire sont stimulantes, on s'y lance avec entrain, et dès qu'on s'approche, tout devient brinquebalant comme La Grande Séverine, ce théâtre-boîte-de-nuit-restaurant-hôtel-particulier. C'était si intense et gai que la joie nappait entièrement les pics de désarroi qui transperçaient parfois malgré l'élan. Il y a toujours un fond de tristesse dans les fêtes qui échouent à cesser quand les invités sont trop saouls pour reprendre d'eux-mêmes le chemin de l'air libre au matin. La cadence de nos spectacles était élevée, Marc'O écrivait beaucoup, on grimpait les échelons de la notoriété, tout le monde venait nous voir, les éditeurs comme les cinéastes. Ses spectacles étaient programmés dans des théâtres bourgeois sans qu'on perde l'habitude de s'approcher dangereusement des spectateurs. Je n'ai jamais oublié ma stupeur et mon ravissement quand l'un d'entre eux est monté entièrement nu sur le plateau du théâtre Édouard VII où l'on jouait *Les Bargasses* en 1965. L'homme était parmi nous, entre Jean-Pierre Kalfon, Toto Bissainthe, Michèle Moretti et moi, une sculpture vivante sans sa feuille de vigne, on était sidérés qu'il réponde de manière aussi évidente à nos sollicitations et, dans notre sauvagerie, on lui a fait bon accueil, tandis que les spectateurs se partageaient entre effroi et délices. L'inconnu dévêtu était Daniel Pommereulle, le peintre dandy qui joue son propre rôle dans *La Collectionneuse*, ce film d'Éric Rohmer de la décennie soixante-dix, comme *Les Nuits de la pleine lune* sera celui des années quatre-vingt. Je ne sais pas ce qui arriverait aujourd'hui, si un homme nu montait sur le plateau d'un théâtre à l'italienne sur les Grands Boulevards. Je pense que les agents de la sécurité se précipiteraient pour l'éjecter. Aujourd'hui, on parle de théâtre immersif, mais il me semble que le public est très contrôlé et que son « immersion » lui laisse une bride sur le cou, il n'a pas intérêt à faire n'importe quoi. On disait « happening », un terme qui a disparu, prisonnier de son époque. La presse parlait même d'« happenage », ce qui est ridicule. On cherchait donc à provoquer des « happenings », à susciter l'imprévu, ce qui est impossible puisque, par définition, il n'est pas programmable.

Je n'ai jamais oublié ma honte quand Pierre Lazareff a convoqué des journalistes de la télévision pour nous aider, et que ce soir-là, ma partenaire Toto Bissainthe et moi, on était complètement décalées, on étirait le texte, on chantait comme des casseroles, et ce qui était censé être drôle se dilatait dans un ennui sans fond. Pas plus que de Marpessa, on ne se souvient de Toto Bissainthe, Haïtienne exilée jusqu'à la chute du dictateur Jean-Claude Duvalier, et qui fut la première à porter la culture de Haïti sur les scènes à Paris avec sa compagnie Griot. J'éprouve encore la culpabilité d'avoir massacré la chance qui s'abattait sur la troupe. Pourtant, c'est parce qu'une catastrophe bien plus gigantesque que la gloire éphémère d'un passage sur le petit écran nous anéantissait. Toto Bissainthe avait perdu le matin même son bébé étouffé dans son édredon. Et ensemble, nous avions noyé la tragédie dans l'alcool.

Notre plus grand succès, celui qui résiste à l'amnésie car Marc'O en a fait un film, ce sont *Les Idoles*, cette pièce sarcastique sur la société du spectacle et les yéyés qu'on a créée la même année que *Masculin féminin*, le film de Jean-Luc Godard avec Chantal Goya, qui était lui aussi le portrait d'une chanteuse yé-yé. On l'avait répétée, François-Marie Banier me l'a rappelé, dans les salons de l'hôtel particulier de Marie-Laure de Noailles, qu'elle nous avait prêtés pour des raisons sentimentales, parce qu'elle aimait les beaux garçons et Pierre Clémenti. J'étais heureuse d'être chez elle, devant une longue femme aux gants blancs qui observait nos fantaisies et que j'appelais la dame au petit chien, c'est *Le Portrait de Gumersinda* peint par Goya. Dans le jardin, juste après le porche, il y avait un élément de confort que je n'ai jamais vu nulle part : une pompe à essence personnelle. Ce n'était pas une sculpture hyperréaliste, ou un détail sorti d'un tableau de Hopper, mais une vraie pompe à essence fonctionnelle avec laquelle je nourrissais ma 2 CV goulue qui trimballait la troupe.

Pour *Les Idoles*, une scène a été inaugurée dans ce qui aurait dû être un complexe « piscine-solarium-cabaret-grand magasin ». On jouait sur un ring entre les poutres d'une imprimerie désaffectée, rue Saint-Benoît, qu'avait rachetée Maurice Casanova. J'ai oublié, ou je n'ai jamais su, que ce nouveau théâtre aurait dû s'appeler *Bilboc Bazaar*. Finalement ça a été *Le Bilboquet*, un nom moins exotique.

On jouait deux fois à 23 heures et à 1 heure du matin, et la pièce débutait par des verres de vin rouge offerts au public. Je suis allée voir *Les Démons* montés par Sylvain Creuzevault, et c'était du champagne que les comédiens proposaient aux spectateurs dans la grande salle des Ateliers Berthier. Nous étions trop pauvres pour servir plusieurs bulles, mais nous avions le même souci d'accueillir le public. Au Bilboquet, il y avait de la place pour deux cent cinquante personnes, dont je pourrais dessiner chacun des visages, car de représentation en représentation, c'étaient toujours les mêmes qui revenaient : Jean Genet, Jean-Jacques Lebel, Christian Bourgois, Guy Debord, François Maspero, et Rudolf Noureev parce qu'il était fou amoureux de Pierre Clémenti, les deux se ressemblaient, ils se reconnaissaient en miroir, et Noureev, qui était notre spectateur le plus assidu, se moquait bien des *Idoles* et de la troupe de Marc'O. Il avait les yeux rivés sur Clémenti qui aurait pu être seul en scène et complètement immobile pendant trois heures. Je me livre au *name dropping*, et heureusement il y avait aussi des psycho-sociologues qui nous délivraient de grandes séances de psychothérapie de groupe après le spectacle, car on était infernaux, on n'arrêtait pas de se battre, tout le monde couchait avec tout le monde, on s'adorait autant qu'on se haïssait, et on épuisait Félix Guattari, qui pour notre plus grande chance faisait partie des spectateurs. Ces séances de groupe nous permettaient d'aller dormir en paix, mais elles faisaient beaucoup de mal aux thérapeutes bénévoles, obligés de veiller très tard jusqu'au petit matin pour nous calmer, avant d'aller retrouver d'autres fous. À 5 heures, je retournais chez ma mère, je dormais un peu, puis j'accompagnais Pascale à l'école, et après la classe, on allait goûter chez André Téchiné, notre voisin, qui n'était pas encore cinéaste. On buvait tous les trois un chocolat, c'était un rituel. J'ai oublié où je puisais l'énergie de mener cette vie sans sommeil, les Maxiton que je prenais pour tenir, si j'en prenais. Tous les gens qui comptaient venaient nous voir, le succès s'amplifiait et c'est ainsi que Marc'O a décidé de tout arrêter car il a jugé que c'était du parisianisme. Il a fui à Rome fomenter la révolution avec Dominique Issermann dans une 4 CV conduite par Antoinette Fouque.

Je me suis allongée, j'ai écarté les jambes, et le médecin clandestin m'a violée sans me prévenir, puis avortée comme convenu, je l'avais payé d'avance. Il prenait un risque et beaucoup d'argent à la jeune femme fauchée que j'étais. Je n'ai donc pas oublié que c'est lors de la parenthèse la plus insouciante et joyeuse de ma vie que je me suis fait violer par le médecin qui m'a avortée. La deuxième fois, j'ai fait appel à un autre médecin, qui s'est comporté correctement, sans autre violence que celui de l'avortement clandestin qui était déjà terrifiant, et il était beaucoup plus onéreux. Je n'ai jamais parlé du viol à personne. Ni à Barbet, ni à aucune amie, ni à ma mère, ni même à moi-même. Ce n'était pas un sujet. Mais juste après avoir pensé au premier viol, je me suis souvenue que j'ai subi un autre viol des années plus tard. Je ne sais pas comment la toile de l'oubli s'est déchirée pour être aussitôt recousue. C'est très étrange. J'étais dans la rue, j'allais au théâtre jouer *Un amour impossible* de Christine Angot, et tout d'un coup, je me suis entendue penser : « Mais, il y a eu un deuxième viol ! » Je connaissais les circonstances et l'identité du violeur, je savais quand et comment il avait agi, et ce n'est pas tant le crime qui m'étonnait que son jaillissement dans la mémoire. J'ignore où se logent les souvenirs qui disparaissent après m'avoir traversée comme des flèches. Je me suis assise dans ma loge pour y réfléchir. On a joué. J'ai pris avec moi les mots de Christine Angot. J'étais concentrée sur ma partition. Et après la représentation, je ne me souvenais plus de rien. Ni qui, ni où, ni comment. Rien, à part que ça avait eu lieu. Impossible d'en dire un mot à ma partenaire de jeu Maria de Medeiros. Le souvenir a fui avec la même célérité qu'il a surgi.

J'ai oublié quelles pétitions j'ai signées, mais pas l'évidence d'être l'une des 343 salopes dans *Le Nouvel Observateur* du 5 avril 1971 où chaque signataire disait qu'elle avait avorté clandestinement et dans des conditions dangereuses, comme un million de femmes par an en France. Je suis surprise et choquée que le manifeste soit encore d'actualité, puisque la question de l'avortement reste considérée comme une histoire de femmes ou de bonnes femmes, et que ce droit et son remboursement sont encore contestés. J'ai oublié de quelle manière je participais au MLF, mais pas que j'étais en bordure, disponible lorsque mon aide était requise. L'imprégnation avec le combat des femmes m'a sans doute confortée dans mes choix de rôles et surtout mes refus, à moins que ce ne soit l'inverse : c'est parce que j'étais trop ironique et déplacée pour accepter des rôles de femme-objet, comme on disait alors, que je me suis rapprochée du MLF, alors même que le mot féministe était suspect et discriminant dans le milieu du cinéma et aussi parmi l'avant-garde régis par des hommes.

J'ai oublié quand j'ai rencontré Bernadette Lafont pour la première fois au milieu des sixties, mais pas qu'un petit bâton brillant en métal argenté dépassait de ses boots. Je me suis accroupie, je me suis penchée, j'étais dans l'incapacité d'identifier l'objet. « Un bistouri », a-t-elle répondu à ma question muette. J'étais soufflée. Comment faisait-elle pour marcher avec une lame tranchante dans ses boots ? Je me souviens de Bernadette plus punk que les punks, alors que ni le mot ni le mouvement n'existaient : des cheveux rasés, un fond de teint blanc, des sourcils et des ongles peints en noir, des jeans ultra-moulants. Elle faisait sensation. Mais elle m'a confié par la suite qu'elle aussi m'avait repérée longtemps avant qu'on se rencontre, qu'elle suivait des yeux mes collants rouges dans la rue.

Pourtant, chez elle, j'ai fait connaissance avec une femme qui tricotait et brodait des motifs hypercomplexes sur des dessus-de-lit immenses. Je n'en revenais pas. C'était la même personne. Elle était pleine de contradictions, Bernadette. Protestante, cévenole, et extravertie, avec des tenues invraisemblables quand elle montait l'escalier au festival de Cannes. Notre amitié s'est nouée sur nos différences. Elle était entreprenante et déterminée, je faisais mine de me laisser porter. Elle était populaire et elle signait des autographes, moi plus difficilement. J'ai toujours connu Bernadette cherchant de l'argent pour faire vivre sa famille, ses trois enfants d'âge si rapproché. Quand j'allais lui rendre visite avec Pascale qui avait 8 ans, ma fille était effrayée par le tohu-bohu. La famille de Bernadette était composée classiquement avec une mère, un père, des enfants, mais elle était beaucoup plus décalquée que la mienne, pourtant non conforme.

J'ai oublié les descentes schuss à trois sur une luge, au milieu des sapins de la forêt de Flims, en Haute-Engadine, avec mes meilleurs amis le peintre psychédélique Frédéric Pardo et le cinéaste Daniel Schmid, tous deux morts beaucoup trop jeunes, comme la plupart de mes proches, personne parmi mes amis n'a été prudent avec sa santé, mais la plus meurtrière, finalement, a été une drogue d'État, la cigarette. On habitait le grand hôtel où Daniel avait grandi enfant, car ses parents étaient hôteliers. On était très relax grâce à des mini-gouttes d'opium que Frédéric consentait à nous diluer dans un peu d'eau, après maintes supplications, et pour stopper le tapage crescendo dans la grande salle à manger du petit déjeuner, parmi les habitués qui commençaient à froncer un sourcil. Frédéric était opiomane et il n'avait prévu que le strict nécessaire pour ses besoins personnels car peut-être voulait-il nous épargner la dépendance à cette drogue de luxe, qui sentait si fort, et nécessitait beaucoup d'argent et un arsenal complexe. Cette luge fonçante et défonçante dans l'étincelle de la neige me revient comme un plaisir ultra-désirable, un flash tiré de *Citizen Kane*. Un soir, avant le dîner, nous avons vu l'ombre du vieil ours sur un fauteuil du grand salon de l'hôtel. Et aussi turbulents que nous étions, ne serait-ce que furtivement, je n'ai pas osé montrer mes dents de jeune actrice, adresser un mini-sourire ou un minuscule signe de main à cette ombre massive et intimidante. J'ai sans doute bien fait. Je me souviens de la stupéfaction de Mme Rémy, la gardienne, quand je suis rentrée à Paris : « Comme vous êtes jaune, Bulle. Pas jaune comme le soleil mais comme un cadavre. Vous revenez pourtant des sports d'hiver. » J'ai vérifié dans le grand miroir du hall, elle avait raison.

L'hôtel de la famille de Daniel était devenu, au fil des décennies, un genre de palace, avec une clientèle en tenue de soirée dès le matin pour aller skier. Une dame blette assortie à son vieux mari blême était à quatre pattes dans le gel, aux abords de l'établissement chic.

Ils rampaient dans le parc sous les arbres et ils formaient des ombres comiques dans la blancheur de la neige. Un drame se jouait, tout l'hôtel était sens dessus dessous, les majordomes les avaient rejoints, d'autres clients se rendaient eux aussi à la pêche à l'objet perdu, et on s'est mis à les imiter, Daniel, Frédéric et moi, pour une séance de gymnastique désynchronisée en groupe sur le sol gelé, n'ayant aucune idée de l'origine de l'émoi et de ce qu'on devait chercher, mais espérant au minimum une épingle en diamant. La dame, très bien mise dans son tailleur Chanel, était en larmes. On a appris plus tard qu'elle avait perdu un bouton de sa veste. Or un tailleur Chanel sans l'intégralité de ses boutons n'est rien. Le soir, Daniel m'a dit : « Tu me promets de ne jamais oublier ce bouton ? » « Oui, je te le promets. » Le bouton introuvable est resté entre nous comme un pacte, le signe d'une alliance pour la vie, on avait eu raison de le chercher.

Barbet me disait tout le temps : « Tu ne penses qu'à t'amuser. » J'ai d'abord été une adulte très joyeuse après avoir été une enfant mélancolique. Dès que je suis devenue une grande personne, je me suis mise à jouer. C'est à La Coupole que j'ai rencontré Barbet en dix-neuf cent soixante-dix. À notre table, il y avait Jean-Jacques Schuhl, Jean-Noël Picq et Jean Eustache, qui espionnait Sartre et surveillait sa consommation de vin. Il avait repéré qu'il commandait demi-bouteille sur demi-bouteille. Ils se sont levés quand Barbet s'est assis avec nous. « Voilà Schroeder qui vient nous piquer les filles », a dit Jean d'une voix traînante. Car Barbet est très beau. Ils sont partis à La Closerie, je ne les ai pas suivis, et Barbet m'a raccompagnée chez ma mère. La voiture arrêtée, je l'entends me dire : « Je compte jusqu'à trois, vous descendez ou vous ne descendez pas. Un, deux, trois. » Je n'ai pas eu le temps de dire ouf que la voiture a redémarré. Un, deux, trois, ce n'est jamais que trois secondes, ça va très vite, ça ne laisse pas le temps de tergiverser. À l'hôtel, je me suis réveillée seule, extrêmement embarrassée. J'ai téléphoné à ma meilleure amie, Bernadette Lafont : « Tu te rends compte, j'ai commis cette horrible erreur d'aller faire l'amour avec Servan-Schreiber. J'ai l'air d'une idiote.

Être une fille qu'on embarque, qu'on case dans une chambre d'hôtel, et qu'on ne revoit jamais. Je ne suis pas une fille comme ça. » Bernadette : « Mais je ne comprends pas : Servan-Schreiber ? Servan-Schreiber avec Eustache et Picq ? Cela me semble très bizarre. Bon, ma chérie, ça n'a aucune espèce d'importance avec qui tu fais l'amour, ne t'en fais pas. » Elle était quand même très étonnée. Quinze jours après, Barbet Schroeder m'appelle chez ma mère, on se revoit, et à brûle-pourpoint, il me lance : « Je pars la semaine prochaine à Bornéo, vous venez avec moi ? Je compte jusqu'à trois. Un, deux, trois. » Il recommençait, mais cette fois-ci, il ne s'agissait plus de parcourir un kilomètre mais de onze mille cinq cents.

Ça a dû être une passion monumentale pour que je lâche tout ce qui m'attachait à Paris, et que je file au bout du monde avec quelqu'un que je connaissais à peine. Une passion folle pour que j'accepte en un rien de temps de me séparer de Pascale et de ma mère, de laisser mes rituels, le bois de Boulogne tous les matins avec ma fille, La Coupole, mes amis, pour Singapour parmi les conducteurs de pousse-pousse qui quadrillaient les rues sans jamais se percuter, j'étais captive de leurs dessins géométriques. On s'est d'abord arrêtés dans des fumeries d'opium, et je ressens encore ma gêne vis-à-vis de Barbet, car je n'arrêtais pas de vomir le plus discrètement possible dans des sacs en papier dont j'avais bourré mon sac à main, anticipant le désastre.

J'ai oublié l'ordre des épisodes de notre déambulation à travers le monde, mais pas que Barbet cherchait l'Éden pour son deuxième film *La Vallée*, si bien que notre premier voyage ensemble, celui qui a scellé notre couple, fut la recherche du paradis. Barbet avait d'abord imaginé qu'il aurait la forme d'une île inexplorée dans le continent asiatique, c'est classique, on dit toujours des îles qu'elles sont paradisiaques. Il avait rencontré des hippies qui suivaient leur gourou sur une jonque en quête d'un bout de terre inconnue. La troupe du Living Theatre aurait été les interprètes de ces illuminés, comme on en croisait beaucoup à l'époque, il y avait encore des territoires vierges, et aucun drone ni satellite pour les surveiller. Barbet aurait filmé le voyage en jonque, ça aurait été un autre film, avec beaucoup d'eau, un autre titre et peut-être aurais-je été une silhouette au fond de l'Éden.

À Bornéo, pris par le plaisir de marcher dans une forêt encore vierge, on a laissé passer les kilomètres et les heures, pour atteindre une plage immaculée au-delà des collines. Tout à notre bonheur amoureux, on a oublié que le bateau du retour était sur le point de repartir. On était loin, il était tard. Par chance, j'avais acheté en vente libre une boîte de pilules blanches. Je me souviens de notre choc de découvrir sur l'emballage une publicité qui rappelait que la molécule avait fait le succès de Hitler et de l'aviation du IIIe Reich. On a avalé un comprimé chacun et tout d'un coup, on s'est mis à sauter de pierre en pierre, dans la boue, on ne marchait plus, on volait, on dégringolait la pente à une vitesse folle, on avait la légèreté des lutins. Et on n'a pas raté le bateau.

« Plus on s'est drogués, plus on a bu, plus on a de la mémoire », m'a dit Jean-Pierre Kalfon. J'ai dû être trop parcimonieuse, car ce qui me revient est une suite de flashs qui crépitent et s'éteignent très facilement. Un peu comme dans *Céline et Julie vont en bateau*, quand Dominique Labourier et Juliet Berto croquent un bonbon et qu'un mirage se met en mouvement, pour une durée courte.

J'ai oublié ma montre flashy fluo, qui plaisait beaucoup au conducteur de la pirogue, si bien que je la lui avais échangée contre un voyage sur les bords interdits de la rivière, car on voulait voir les longhouses des Dayaks, ces villages en bois sur pilotis traversés par une seule rue sur laquelle donnent toutes les habitations, abritées par un toit commun. Devant chaque porte, il y avait un feu où les gens se réunissaient. On dormait dehors dans un sac de couchage. Ce qu'on ignorait, c'est qu'en cas de cauchemar la tradition exigeait que le dormeur quitte immédiatement sa couche pour se délester de son rêve autour du feu, si bien qu'on était sans cesse réveillés par des Dayaks qui s'extrayaient de leur natte pour nous offrir leur cauchemar dans leur langue. Sur des râteliers, des têtes décapitées ornaient les portes et elles ne me paraissaient pas anciennes. À l'intérieur, d'autres étaient suspendues à un fil. Il n'y avait pas de visage de Blanc sur ces cordes ni sur le fronton, et pourtant, on ne s'est pas aventurés plus loin, le long de la rivière.

J'ai oublié si c'était pour chercher le paradis que Barbet a proposé qu'on aille au Nuristan, car il n'avait pas obtenu les autorisations de tourner au Vietnam en guerre. À la frontière du Pakistan, on a marché pendant des heures jusqu'à un extraordinaire village dont toutes les maisons étaient en bois sculpté. Puis on a loué des chevaux pour redescendre une zone interdite par le gouvernement royal. On a galopé des kilomètres dans la neige, à la recherche de traces de cultes dionysiaques encore pratiqués dans les années vingt. Je n'ai jamais appris à monter à cheval et je n'ai pas eu froid dans la neige. C'est l'amour, sans doute, qui rend tout possible. Nos aventures nourrissaient de manière décalée le film sans moyens mais en CinemaScope et son direct que Barbet rêvait comme une superproduction américaine. Pendant un an encore, Barbet a cherché les financements, je suis retournée à Paris vivre avec Pascale et ma mère puis en Suisse tourner *La Salamandre*, le deuxième film d'Alain Tanner, qui a été si déterminant dans ma vie d'actrice sans que j'en aie du tout conscience durant ce tournage, que j'ai vécu comme une parenthèse en attendant *La Vallée*.

Au début de *La Vallée*, je porte tout simplement une robe Dior, qui correspond au statut de mon personnage, Viviane, grande bourgeoise égarée. Vingt-cinq ans plus tard, j'ai retrouvé cette robe sur une farandole d'hôtesses de l'air. La robe de Viviane était devenue leur uniforme. Chaque fois que je prenais un vol de cette compagnie, j'avais l'impression que mon personnage avait enfanté des myriades de petites filles, une infinité de doubles qui prenaient leur autonomie. Les personnages qu'on abandonne font des enfants qui grandissent. Depuis, lorsqu'on voit le film, c'est Viviane qui semble vêtue comme une hôtesse de l'air, et on se demande pourquoi elle est en vêtement de travail.

J'ai oublié les piqûres des moustiques perturbateurs et dangereux qui nous ont éloignés du Sepik où l'on a commencé le tournage, mais pas les huttes de paille que la tribu voisine avait construites pour les besoins du tournage, en montagne, où nous nous étions réfugiés. Un soir, Barbet a décidé de faire « un feu d'enfer », c'est son expression, car il adore « les feux d'enfer », qui a provoqué un incendie. Non seulement notre case a brûlé, mais celles où étaient entreposés les costumes et les éclairages. Par chance, la très grosse caméra et les pellicules étaient en sécurité un peu plus bas. Le chef opérateur Nestor Almendros ne disposait plus que de deux minuscules spots pour construire sa lumière. On a continué le tournage avec nos propres vêtements, sans cohérence entre eux et avec les scènes déjà filmées. Valérie Lagrange porte la chapka en fourrure qu'elle emportait partout avec elle comme s'il faisait grand froid, Jean-Pierre Kalfon, son Perfecto et ses bottes qu'il ne quittait jamais, et moi, des petites cotonnades légères. Il ne me semble pas que cette hétérogénéité nuise au film. La nuit, on s'éclairait avec des bougies, mais il y avait un mystère, elles disparaissaient sans cesse, on vivait dans l'obscurité. Un soir, on a découvert qu'un des acteurs de notre petite équipe en faisait des provisions, il les accumulait sous son lit. J'ai gardé la trace de notre embarras extrême lorsqu'on a découvert son butin, une petite montagne dissimulée parce qu'il avait peur d'en manquer.

J'ai oublié comment l'ingénieur du son, Jean-Pierre Ruh, sans formation de dentiste ni de vétérinaire, a arraché les dents du python à la morsure mortelle que Viviane porte en collier. Mais pas qu'il sortait sa langue quand je le regardais dans les yeux, comme s'il cherchait un baiser. J'étais tranquille. Je ne sais plus comment il s'y prenait pour extraire la dentition d'une si petite mâchoire sans jamais se faire mordre.

J'ai oublié la température de la peau du serpent qu'on dit glaciale, mais je crois sentir encore dans certains rêves son élasticité, et je sais qu'elle contrastait avec la douceur des plumes d'oiseaux du paradis que Viviane caresse au tout début du film et qui lui provoquent une extase telle qu'elle est prête à se rendre au bout du monde avec des inconnus, elle, la femme de consul au petit chignon ramassé et serré, et en robe Dior d'hôtesse de l'air. Je me souviens que Barbet avait lancé à la cantonade : « Je donnerai un dollar à qui me rapporte un python vert », et tous les Papous aux alentours s'étaient démenés pour lui en procurer. On disposait d'une cinquantaine de serpents qui ne demandaient qu'à grignoter nos pieds et remonter sur nos jambes. Le soir, Jean-Pierre Ruh les avait préalablement édentés pour cuisiner une excellente soupe. Je n'en ai jamais mangé de meilleure. J'ai oublié s'il avait suivi une recette ou s'il l'avait improvisée.

J'ai oublié le nom du perchman en équilibre sur une racine, mais pas notre frayeur, quand on s'est aperçus que la racine se déplaçait, et que ce qu'on croyait être un monticule de racines était en réalité un enchevêtrement de serpents brun sombre parmi les plus dangereux du monde dont le venin tue en moins de cinquante secondes. Il ne fallait pas leur faire peur, il devait rester immobile, sa perche à la main, et finalement, Barbet s'est muni d'une machette, et les a tués d'un coup sec.

Je me souviens de la surprise des tribus qui voyaient pour la première fois des Blancs et qui nous touchaient la chevelure pour vérifier qu'elle était bien réelle, et que nous aussi, nous étions comme des nouveau-nés à la découverte du monde. Le chef d'une tribu avait crié : « Grâce à ces images, on sera connus partout dans le monde. » Dans ce film, comme dans beaucoup d'autres qu'il a tournés par la suite, Barbet a eu l'intelligence de faire virevolter sa fiction sur le versant documentaire dès lors qu'il se passait des événements jamais filmés, comme cette fête annuelle qui réunissait dix mille Papous, représentants de toutes les tribus en Nouvelle-Guinée australienne.

Comme les Papous étaient nus à l'exception d'un petit balai qui recouvrait leur sexe, une partie de l'équipe, dont Valérie Lagrange et Jean-Pierre Kalfon, avait plongé entièrement dévêtue dans le Sepik. C'était avant l'indépendance. Des missionnaires australiens sillonnaient le pays et le film a été interrompu le temps d'un procès en justice pour impudeur avec un avocat en perruque et costume et tout l'apparat de la justice britannique, c'était baroque. J'ai tout oublié de ce procès qui a risqué d'annuler le film, mais pas que notre avocat a plaidé qu'il était discriminatoire de nous interdire la nudité et de l'autoriser aux Papous. Ensuite, le tournage n'a cessé d'être stoppé. On était aussi fous que nos personnages et les imprévus étaient constants. Ce qui n'était pas normal, c'était quand tout se passait normalement. Barbet prenait son mal en patience. Il affrontait constamment des événements qui déviaient son film. On préparait une scène. Et on s'apercevait que le plateau était traversé par des flèches que deux tribus rivales s'envoyaient de chaque côté du chemin et qu'on était dans leurs trajectoires. J'ai oublié le nombre de fois où la Land Rover s'est enlisée, car d'effrayants rednecks australiens fonçaient au volant de leur camion. Il fallait se garer très vite sur le côté, et le plus souvent, le côté n'existait pas.

Je me souviens de l'angoisse de Nestor, quand, pour la deuxième fois, il a perdu un verre de contact dans la forêt vierge après avoir filmé la réunion annuelle des tribus que la puissance coloniale imposait. Mais surtout du miracle, quand j'ai entraperçu à travers la vitre sale, sur une feuille, le miroitement d'une goutte d'eau alors qu'il n'avait pas plu. On a fait demi-tour. C'était le verre de contact. Encore maintenant, je ne comprends pas comment j'ai pu retrouver une lentille au bord d'une route, d'une voiture, en regardant le paysage. Si on me racontait cette histoire, je penserais qu'elle est fausse, et pourtant je me souviens formidablement bien de notre soulagement et de la joie de Nestor qui, sinon, aurait été obligé de filmer à l'aveugle.

J'ai oublié quels plats les Papous cuisinaient parfois avec du datura, cette plante des plus toxiques, qui suscite des voyages dont on ne revient pas toujours, mais pas que leurs femmes les barricadaient dans une case quand ils en prenaient. Par politesse, on avait accepté de goûter du poisson enveloppé dans ces feuilles. Ça a été une catastrophe, on en a ingéré trop pour ne pas être malades, et Jean-Pierre, qui ne s'était pas limité, prenait mes doigts pour des frites. Il passait sa journée à écrire à sa fiancée avec ses doigts sur la fourrure d'un cheval, Barbet ne pouvait plus le filmer. Encore une fois, le tournage a été arrêté le temps qu'il reprenne ses esprits.

J'ai oublié qui était l'amoureuse à qui Jean-Pierre écrivait le plus souvent possible, mais pas qu'il refusait de tourner si la lettre n'était pas postée immédiatement. Comme ce geste simple supposait des trajets de plusieurs heures, on faisait tout notre possible pour qu'il s'abstienne d'écrire. On lui dérobait son feutre. Quant à l'amoureux de Valérie Lagrange, il était si furieux qu'elle parte en Nouvelle-Guinée qu'il avait enfourché sa moto pour le Grand Nord. Elle voulait absolument lui téléphoner pour s'assurer qu'il n'avait pas eu un accident. On la déposait à un relais devant un téléphone où elle attendait toute la journée, car, à l'autre bout du monde sur la glace, il devait lui aussi être au même moment qu'elle, à côté d'un téléphone. Accorder leurs fuseaux était une tâche impossible.

J'ai oublié le prénom du jeune garçon papou de 13 ans, embauché pour être l'intermédiaire entre les tribus papoues et l'équipe car il parlait les langues locales mais aussi le pidgin. Et de notre horreur, lorsqu'on s'est aperçus, car il avait fini par déposer une plainte à la mission évangéliste, qu'il se faisait régulièrement violer par le cuisinier australien. Était-il consentant parce qu'il pensait qu'il fallait l'être pour être accepté de notre groupe et toucher son petit salaire ? J'ai oublié ce qu'est devenu le monsieur australien. Je me souviens juste qu'à partir de ce jour, il y avait une personne en moins dans la Jeep. L'équipe du film était minuscule : treize personnes, acteurs compris, en tout et pour tout, et sans lui, nous n'étions plus que douze.

Je ne sais plus comment Barbet avait rencontré cet homme dans la grande ville de Mount Hagen, parmi des gens bizarres, dans des maisons improbables, tous blancs et australiens. C'étaient des coloniaux désœuvrés, en fin de course. Je me souviens du désarroi de Nestor Almendros, qui avait pris l'enfant sous sa protection et qui lui apprenait son métier contre l'apprentissage du pidgin, car Nestor, très doué pour les langues, s'était mis au pidgin. Sa très grosse caméra arrimée sur deux bâtons en bois qui nécessitait quatre personnes pour la déplacer dans la forêt et le format en CinemaScope étaient les seuls vestiges de cette superproduction qui avait réduit comme un suc en cuisine.

J'ai oublié le nom du lieu qui aurait dû être le paradis, car il était toujours trop loin pour que Barbet y effectue des repérages. On s'était décidés pour un territoire recommandé à la fois par des coloniaux et des Papous, leur expertise commune nous paraissait le meilleur des augures. Par hasard, on a appris que des Kukukukus – une tribu anthropophage, qui attachait ses victimes sous leurs cases pour en grignoter un bout de temps en temps – y vivaient. Je n'ai jamais compris pourquoi les Australiens et les Papous s'étaient donné le mot pour envoyer l'équipe de *La Vallée* se faire dévorer et pourquoi ils avaient élu cet endroit paradis sur terre.

Finalement, nous n'étions pas des têtes brûlées, mais des êtres pleins de prudence, des acteurs et des techniciens professionnels sous contrats, et je pensais à ma fille et à ma mère, si loin, à Paris. J'ai retrouvé des milliers de lettres de ma mère de cette époque, qui ne sont jamais arrivées à destination et que je n'ose toujours pas ouvrir.

J'ai oublié comment un hélicoptère nous a déposés en haut d'une montagne, mais pas qu'on a continué à marcher longtemps, plusieurs dizaines de kilomètres, harassés, il faut toujours que le paradis se mérite, il n'est jamais, comme l'aventure, au coin de la rue. Dans l'un des plans, Valérie s'évanouit pour de bon, on la porte, elle ne simule pas le choc de l'altitude. On est arrivés au point culminant : rien. Il n'y avait rien. Barbet nous avait conduits jusqu'à une zone blanche, jamais explorée. Petit à petit, on avait fini par croire à l'existence réelle de ce paradis et qu'on l'atteindrait. Sans doute que le propre du paradis est d'être toujours décevant. Par chance, quelques nuages ont éteint le soleil, et il fallait faire très vite pour capter les quelques minutes de magie délivrée par la météo. Nestor Almendros a agi rapidement comme toujours. Les Pink Floyd ont composé *Obscured by Clouds* que l'on entend sur ces images. Ils jouaient en direct en regardant le film dans les studios d'enregistrement du château d'Hérouville. La musique est brève, elle dure le temps du paradis, c'est-à-dire du passage des nuages.

Quand on est revenus de Nouvelle-Guinée, une Salamandre était née. Emportée dans *La Vallée*, j'avais quasiment oublié que j'avais tourné ce film d'Alain Tanner, et j'étais très surprise d'apprendre qu'en mon absence, la salamandre, alias Rosemonde, mon personnage, s'était baladée jusqu'à Cannes, à la Quinzaine des réalisateurs, où elle avait fait sensation. C'était l'automne, j'étais dépaysée par Paris, et Bertrand Tavernier, attaché de presse, en attendant de réaliser ses propres films, me tendait des coupures de journaux où j'étais comparée à Liliane Gish. Je n'aime pas dire du bien de moi, mais les autres en disaient. J'avais quitté Paris inconnue et, à mon retour, je n'étais pas exactement la même personne, on m'arrêtait dans la rue et j'oubliais pourquoi. J'avais raté une étape, celle du passage à la célébrité. J'ai tout de suite été très contente de la devoir à cette fille qui n'appartient à personne, pas même à moi, son interprète. J'ai oublié mon petit meublé à Genève, mais pas que c'était un tout petit tournage, je ne connaissais personne, et j'étais d'autant plus isolée que mes partenaires, Jean-Luc Bideau, Jacques Denis, et Alain Tanner et l'équipe suisse, rentraient chez eux après le tournage. J'ai toujours cru que mon isolement a joué en faveur de Rosemonde qui ne cesse de s'éclipser.

Par la suite, la Salamandre et moi n'avons jamais rompu. Chaque fois qu'elle réapparaît, je soutiens le film, et aussi le cinéma qui le projette. Je l'ai revu hier dans une magnifique copie au noir très noir et au blanc très blanc, au Reflet Medicis à Paris, en compagnie de mon ami Renato Berta, qui faisait l'image sur ce film. Ce que j'y ai vu ? Qu'à l'époque, je ressemblais beaucoup à Pascale et ça m'a fait très plaisir. Pascale, préadolescente quand elle avait encore les joues rondes de l'enfance. Pascale à la force têtue et rebelle contre l'autorité scolaire et la mienne, si j'en avais eu. Pascale qui m'occupait pendant le tournage, c'est elle qui a débloqué mon jeu et qui a été mon inspiratrice pour trouver Rosemonde. Ma fille, je la vois toujours en jeans et Perfecto, avec des couteaux dans les poches et des shurikens à la ceinture. La coiffure haute, le collier de perles de sa grand-mère paternelle, ou les robes de jeune fille sage en dessous du genou ultra-féminines, et même les jupes courtes à zip : autant d'apparences, qui ne s'imposent pas immédiatement quand je ferme les yeux, qui ne rejoignent pas ma mémoire intime, mais que les photos recréent, et qu'elle s'était inventées, jeune adulte.

Renato Berta m'a rappelé que j'avais apporté une foule de petits détails au personnage, qui n'étaient pas écrits dans le scénario : son chewing-gum, la chaîne avec la croix qu'elle met constamment dans sa bouche, la petite ventouse qu'elle lance contre la télévision, et dont le bruit agaçant fait sursauter le personnage de Jean-Luc Bideau. J'étais persuadée qu'on m'avait donné un scénario et que je m'étais contentée d'apprendre le texte.

Pourtant, même *La Salamandre*, qui m'a collé à la peau et a été si importante dans ce qu'on appelle une « carrière », j'ai commencé par la refuser, car je considérais que je n'étais pas suffisamment experte en accent suisse et en fabrication de saucisses. J'ai répondu à Alain Tanner qu'il allait devoir songer à une autre actrice. J'avais déjà cette constance de penser qu'une autre serait mieux que moi pour un rôle, credo qui m'a poursuivie toute ma vie d'actrice, à moins que ce ne soit moi qui lui sois restée fidèle. Je n'ai pas le souvenir d'un seul personnage au cinéma que j'aie accepté sans imaginer qu'une autre actrice le ferait mieux. Ce n'est pas de la dévaluation. J'ai une très haute estime de mon métier et je sais très bien être unique quand je m'y engouffre. Mais, sur le moment, ça me semblait plus simple d'opter pour une comédienne qui ait déjà l'accent suisse et une expérience du travail à l'usine. Puis je me suis laissé convaincre, en partie parce que j'avais beaucoup aimé *Charles mort ou vif*, son premier film.

Je ne pense pas particulièrement à la Salamandre quand je vois une saucisse, peut-être parce que j'en mange rarement, en revanche, quand une vendeuse me propose d'essayer une paire de chaussures un peu chic, je revois mon personnage se mettre à genoux pour malaxer langoureusement les pieds des femmes outragées et des hommes ravis – mais j'ai oublié si elle massait de la même façon les femmes et les hommes – et je n'ai jamais eu l'occasion de savoir comment je réagirais si quelqu'un opérait de même avec moi. « Oui, madame, merci, madame, merci beaucoup, beaucoup. » L'insolence de Rosemonde quand elle envoie sa patronne balader était un bonheur à jouer.

Après le succès du film, on m'a proposé des milliers de petites Salamandre et je les ai toutes refusées. La redite est dangereuse. Dès qu'un cinéaste commençait une phrase par : « Je vous ai vue dans *La Salamandre* », une petite alerte se déclenchait. Je me souviens de Chantal Akerman, toute jeune cinéaste, montant l'escalier rue Pierre-Ier-de-Serbie jusqu'à ma grotte, je n'avais pas encore de salon, pour me proposer le rôle-titre de *Jeanne Dielman 23, quai du Commerce, 1080 Bruxelles*. J'ai lu son scénario, il était beau, et j'ai conclu : « Encore une salamandre ! » Je voyais des Salamandre partout. Le film est tellement associé à Delphine Seyrig, qu'on a du mal à imaginer que, derrière Jeanne Dielman, il était possible de percevoir une Rosemonde circuler de film en film.

J'ai oublié dans quelles circonstances j'ai pris du LSD avec Jimi Hendrix. Je n'en ai jamais parlé à personne, et surtout pas à Barbet que cela agace. Je ne sais ni pourquoi ni comment, Jimi Hendrix, très peu de temps avant sa mort en 1970, et qu'il me semble n'avoir jamais croisé nulle part et certainement pas dans les endroits où je dansais, est entré dans ma chambre avec sa guitare. En revanche, je n'ai jamais réussi à faire disparaître complètement de ma mémoire le sinistre jeune homme en costume-cravate qui se prenait pour Phil Spector parce qu'il travaillait dans une maison de disques, qui distribuait des cachets aux jeunes femmes pour les séduire. Il surgit encore parfois au fond d'un labyrinthe dans mes rêves. Je le croisais et je l'évitais. Je l'évitais mais pas au point de ne pas le croiser dans la maison de Sam, un voyou du Berry pour lequel j'avais eu un coup de cœur, car on est toujours séduits par les voyous, même si, comme Alain Delon, ils sont souvent de droite. Je l'avais rencontré sur le tournage de *Quarante-Huit Heures d'amour*, un film de Cecil Saint-Laurent, alias Jacques Laurent, produit par Georges de Beauregard, que l'interdiction en salle de *Suzanne Simonin, la religieuse de Diderot*, le film de Jacques Rivette, avait ruiné. J'étais prisonnière de ce tournage, comme le reste de l'équipe, car Mai 68 s'était déclenché. Pascale était chez ma mère avec une baby-sitter hollandaise, ma mère était aux États-Unis, ça s'arrangeait très mal car, faute d'essence, je ne pouvais pas remonter à Paris pour être avec ma fille le week-end. La baby-sitter m'informait au téléphone : « Ne vous inquiétez pas, Bulle, on s'amuse beaucoup avec Pascale, elle est assise sur le porte-bagages de ma bicyclette. » J'entendais les bruits des pavés à la radio qui résonnaient beaucoup plus fort que si je les avais vus projeter ou lancés moi-même. Georges de Beauregard avait sorti son fusil : « S'il y en a un qui déserte, je lui tire dessus. » J'ai oublié, et je ne suis pas la seule, que Françoise Arnoul, la vedette de *French Cancan* de Jean Renoir, parcourait la France pour monter des piquets de grève sur les tournages. Elle était passée organiser la grève. J'ai filé en douce avec Sam qui avait un ami pompiste. C'était la fin du mois de mai, je n'ai rien vu de Mai 68, et j'ai pris ma fille avec moi pour remonter dans le Berry et clore le tournage dont tous les acteurs avaient disparu. Je ne sais pas d'où me vient ma conscience professionnelle, même à l'égard d'un film que je n'ai jamais vu et qui ne fut qu'un tissu d'empêchements.

J'ai oublié pourquoi de retour à Paris j'ai accepté de déjeuner avec le sinistre jeune homme en costume de croque-mort qui se croyait irrésistible. J'avais une migraine, il m'a tendu un comprimé, j'avais toujours autant mal à la tête, il m'en a tendu un deuxième, et il n'a pas fallu attendre longtemps pour que la dorade dans mon assiette se mette à bouger. Ce n'était pas de l'aspirine, ce n'était pas du Doliprane, ce n'était pas de l'Efferalgan, ce n'était pas du LSD. C'était du STP, le sigle de Sérénité, tranquillité et paix, beaucoup plus ravageur que tout ce qui peut exister, et trois semaines de ma vie ont disparu. J'ai oublié pour toujours où j'étais et où je vivais pendant ces trois semaines sous STP. Je suis sans doute restée fixée au sol, sur le trottoir. J'ai été très loin dans l'espace, plus loin encore que les personnages de *2001 l'Odyssée de l'espace*, tout en étant clouée, regardant des passants asticots. Mon lit aussi était rempli d'asticots. Seule demeure aujourd'hui la silhouette de cet homme triste dans son costume de croque-mort qui offrait des hallucinogènes aux jeunes femmes en prétendant soigner leurs maux de tête, et qui en a tué certaines. Je n'aurais jamais pensé porter plainte. Certaines de mes amies ne sont pas revenues de ces voyages. Marie-Hélène Breillat était devenue un oiseau que j'ai empêché, en me cramponnant à elle, de s'envoler par la fenêtre.

J'ai oublié précisément le jour où j'ai vu un ange entrer chez moi pour un magazine qui s'appelait *Vingt Ans* parce qu'il s'adressait à des lectrices de 20 ans, c'était sa première interview, il marchait sur la pointe des pieds, il était si beau, si timide, si réservé. C'était Hervé Guibert, et j'habitais dans la petite chambre qui sert de grotte aujourd'hui à Barbet, l'appartement était encore composé d'une chambre-salle-de-bains-cuisine. Quand beaucoup plus tard, j'ai lu *Mon valet et moi*, pour la première fois, j'ai pensé que je pourrais peut-être réaliser un film. Je ressentais complètement le personnage du vieil homme qui petit à petit est dépossédé de sa vie par son valet. Il m'est très facile d'imaginer une personne de plus en plus faible qui contemple le vol de ses objets quotidiens, de ses pensées, de son existence, sans agir. J'ai oublié le nom des deux acteurs que j'avais choisis, très connus cependant, et dont l'un, sociétaire à la Comédie-Française, avait demandé à Barbet de jouer un client mis en cage lorsqu'on tournait *Maîtresse* en 1974. J'avais obtenu leur accord et un début de financement. Le film aurait duré quarante-cinq minutes, ce qui ne correspondait à rien, à aucun des formats des chaînes. Me donner de l'argent, c'était le jeter par la fenêtre. Pourquoi tourner un film de plus ?

Je n'ai jamais eu d'équipe de coiffeurs-maquilleurs que les actrices de renom fréquentent souvent plus que n'importe qui, quand elles sont au firmament de la gloire et de la solitude et qu'elles sautent de film en film sans jamais s'interrompre pendant quelques années, avant de chuter tout en continuant de courir, mais dans le vide, aucun acteur au monde n'a conscience, lorsqu'il traverse le désert, qu'il le traverse. Personne n'a jamais été mon miroir.

J'ai oublié quel âge privilégié et intime est resté fixé indépendamment de ma date de naissance dont je ne me souviens pas non plus. Les actrices ont l'inconvénient d'être projetées en énorme et de se voir à travers la loupe qu'est la caméra. Aujourd'hui comme hier, il y a toujours un instant de stupeur lorsqu'on se découvre, et je me souviens que Buñuel me disait sur le tournage du *Charme discret de la bourgeoisie* : « Vous traînez, Bulle, vous marchez derrière les autres sur le chemin. » J'étais toujours cachée. Mais pour ne pas rester en arrière, je doublais Delphine Seyrig et les autres qui me redoublaient, sur la route de campagne plate où l'on marche sans fin, pour rejoindre l'auberge située tout au bout, où nous allons peut-être enfin dîner, le film n'est qu'un repas entravé, jusqu'à cette séquence qui rôde encore dans mes cauchemars où une table est mise et où l'on s'apprête à déchiqueter un poulet bien mérité, mais le rideau s'ouvre sur des spectateurs en chair et en os qui protestent, contrairement au poulet, qui, lui, est en plastique. Pour nous faire marcher plus vite sur la route, Don Luis – je ne peux le nommer qu'ainsi car personne ne l'appelait Luis – nous avait dit que celui qui arriverait en premier aurait droit à un gros plan. Du coup, tout le monde se mettait à courir. La promesse a eu un effet contrariant sur moi, comme un médicament retors, j'ai ralenti encore plus nettement le pas, car je ne voulais surtout pas d'un gros plan, j'en ai oublié la raison. Cette séquence, peut-être la plus symbolique du film, a surgi de l'esprit de Don Luis pendant le tournage. Elle n'était pas prévue dans le scénario, ni dans le plan de travail. J'ai oublié qui est cette Florence que je joue dans ce film mais pas que j'étais la sœur de Delphine Seyrig, et je pense que Buñuel, même si ces personnages étaient précisément dessinés, aimait aussi filmer ce qu'on était plus ou moins. Au cinéma, être actrice consiste souvent à jouer avec les malentendus qu'on laisse se développer à son propos et c'est parce que les malentendus ne sont jamais les mêmes que les personnages prennent des formes et des énergies différentes. On répétait une journée entière les scènes tournées le lendemain. C'était le grand luxe de ce drôle de tournage sérieux sur lequel on n'a pas cessé de rire. *Le Charme discret*... reste le seul film que je pourrais revoir tous les jours sans être dérangée par ma propre présence. Je n'ai jamais oublié que c'est grâce à Michel Piccoli que je suis entrée dans la ronde de Buñuel. J'avais lancé à la cantonade pendant un dîner que le seul cinéaste avec lequel j'aimerais tourner était Luis Buñuel. Michel l'avait répété tant et si bien que j'ai été exaucée.

J'ai oublié de grandes parties de *L'Amour fou*, qui reste mon film préféré, alors que peu de gens l'ont vu à sa sortie car le producteur avait demandé à Jacques Rivette de le couper. Mais Jacques, qui refusait d'amputer son film, a préféré le saborder. De ne monter et de ne montrer que les scènes très ennuyeuses, toutes celles qui se passent sur le plateau du théâtre, pour que personne n'aille voir cette version raccourcie. On se parlait dans les cafés, l'information circulait très bien de bouche à oreille, tous ceux que le sujet intéressait étaient au courant que la version courte était un faux. Aujourd'hui, on se renvoie des infos en ricochet sur les réseaux sociaux. On a cinq mille amis sur Facebook, donc on espère en toucher un ou deux. Est-ce moi qui suis hors temps, ou est-ce que les gens sont plus isolés depuis qu'ils tweetent à tout-va, et se surveillent plusieurs fois par jour ?

Grâce à ce film invisible, il y a eu un mouvement autour de moi, j'ai rencontré des cinéastes qui sont devenus mes amis et avec lesquels les projets sont restés en suspens, l'amitié n'a pas toujours besoin de caméra lorsqu'elle se noue. J'étais l'actrice principale de *L'Amour fou*, cette passion qui se consume en temps réel, cette rupture en fin de course entre ce metteur en scène interprété par Jean-Pierre Kalfon qui veut monter *Andromaque*, qui n'y arrive pas, et choisit une autre actrice que sa femme, et cette femme que je joue qui regarde son amour s'éteindre. Il y a une dépression atmosphérique et sentimentale, et on respirait d'autant mieux cet air qu'on était tous en train de faire l'expérience de la rupture avec le premier grand amour. Jean-Pierre Kalfon se séparait de son amie, Jacques Rivette, de Marilù Parolini, la photographe et documentaliste qu'il avait rencontrée dans les bureaux des *Cahiers du cinéma* à couverture jaune et qui était aussi la mienne, d'amie, et moi, de Marc'O. La douleur de la perte se ressent dans nos manières d'être à l'écran. J'ai oublié que rien n'était écrit sauf le début et la fin où l'on démolit tout le décor à coups de hache, mais que, pour le reste, on improvisait, et que je n'avais aucune notion de ce qu'était une caméra, enfermée dans une chambre, je me mettais à quatre pattes, je jouais pour les rainures du parquet, j'ignorais ce qu'était une lumière et comment aligner son visage pour l'attraper, et pourtant, je n'arrêtais pas d'aller au cinéma. Rien n'était écrit ? On peut aussi dire l'inverse et que Jacques avait très solidement charpenté son film, comme en témoigne son scénario d'une trentaine de pages afin de permettre des improvisations à l'intérieur de scènes dont il n'ignorait rien du canevas. Ce qui était spécial, mais je ne pouvais pas le savoir puisque j'étais sans expérience de la caméra, c'est que Jacques laissait la plupart du temps filer la prise jusqu'au bout, il ne disait jamais « coupez », il voulait voir jusqu'où iraient nos inventions, il avait une curiosité des acteurs qui nous rendait en retour prodigues, et c'était à Jean-Pierre et à moi d'arrêter de jouer quand le plan se vidait de sa substance parce qu'on était dans la répétition. On était soutenus par son regard plaisamment manipulateur – nous l'étions tout autant. Je n'ai pas oublié qu'on avait prévu de tourner la scène finale pendant une semaine, mais on était si énergiques qu'on a détruit tout le décor en une journée. Quand j'ai découvert le film à une projection que Jacques Rivette avait organisée pour Jean Renoir, j'étais à terre. Je n'aimais rien : ni ma voix, ni mon physique, ni mes gestes, et j'ai passé les quatre heures dans la salle à penser que c'était fini pour moi, que j'avais tourné mon premier et mon dernier film, et que ce n'était pas si grave. J'étais flattée d'être conviée à la même projection que l'auteur du *Carrosse d'or*. À la lumière du jour, Jean Renoir m'a dit des choses très gentilles. Je les ai toutes oubliées. Mais brusquement, tandis que nous dînions du gigot interdit du *Charme discret de la bourgeoisie* dans un restaurant spécialisé dans les gigots à Neuilly, un soleil s'est engouffré dans le tunnel. Il suffit parfois d'une phrase pour rebasculer dans la vie alors même que sa teneur s'est effacée.

J'avais oublié que Bernardo Bertolucci avait dit avant de tourner *Le Dernier Tango à Paris* : « Il y a ce film, *L'Amour fou*, où un cinéaste pose sa caméra et regarde les acteurs avant tout, sans souci de personnage ou de respect d'un scénario préalable. Je voudrais m'en inspirer. Je voudrais capter la personnalité de mes acteurs, faire du cinéma vérité. » Quelle que soit la fiction, et même lorsqu'on interprète quelqu'un qui paraît aux antipodes de ce qu'on est, une partie documentaire advient. Parfois, on compose un personnage tout à fait extérieur à soi, mais la plupart du temps, sur scène ou devant une caméra, on creuse ce qu'on ignore être. Et dans certains cas, on y laisse des plumes chaque soir, à chaque représentation.

J'avais oublié cet éloge de *L'Amour fou*, à Rome, où je vivais en pointillé, parce que Marc'O et Dominique Issermann, mais aussi Pierre Clémenti, Philippe Garrel, Frédéric Pardo, Jean-Jacques Schuhl – qui habitait un grand hôtel –, Marilù Parolini et Glauber Rocha avaient choisi cette ville. L'aveu de Bernardo a resurgi avec sa mort aujourd'hui. Je lis la presse et je suis choquée que tout ce qu'on retienne de lui, de son cinéma, soit cette histoire de fausse sodomie au beurre dans *Le Dernier Tango à Paris*. Il est possible que Maria Schneider ait traîné cet épisode toute sa vie, et je comprends qu'elle se soit sentie trahie et même violée, comme elle l'a dit. On est souvent manipulée quand on est actrice, on l'est parce qu'on ne sait pas ce qu'on va devenir, comment on va être utilisée. Aucun acteur n'a une maîtrise complète de ce qu'il montre de lui, de ce qu'il donne et de ce qui est volé, et de comment, aussi, il est magnifié. Je me souviens de Maria totalement mal en point avant le *Tango*, qui parlait de sa mère, de son père, et qui avait tellement besoin d'être au centre, d'être vue toute la nuit, quand elle dansait chez Castel. Bernardo l'a choisie aussi pour ce qu'elle était, pour ce qu'il aimait d'elle : cette liberté fêlée, ses provocations. Il est possible que la chance phénoménale d'être une inconnue qui joue avec Marlon Brando ait muté en cauchemar. Mais on ne peut pas accuser la chance de porter les germes du désastre. J'ai un peu croisé Maria dans les nuits de Paris. Je fais sa voix dans *Weisse Reisse*, *Le Voyage blanc*, ce film de Werner Schroeter, tourné en sept nuits, qui nous embarque de Hong Kong à Hambourg, en passant par Tunis, Naples, San Francisco, sans jamais sortir d'une chambre à Zurich, grâce à des aplats qu'avait peints son amant, et la bande-son, un cri de mouette, le roulement des vagues, et toujours la Callas, puisqu'il ne vivait pas sans elle. Maria Schneider était partie très loin, dans un ailleurs où elle ne pouvait plus articuler un mot, et Werner m'avait demandé de faire les voix de son film. Je doublais des marins et une femme qui chante des negro spirituals, je prenais des voix très graves, puis très aiguës, dans le champagne où nous nagions, Werner et moi.

Barbet m'avait dit quand je suis partie pour Rome très peu de temps après notre rencontre : « Tu fais ce que tu veux mais ne prends pas d'acide avec Glauber Rocha. Parce que l'acide crée des liens entre les gens qui en prennent ensemble. » Quand on dit à quelqu'un : « Approche-toi de tout le monde sauf de lui », c'est irrésistible, surtout si on est déjà sous le charme. Glauber, dont on a oublié les films aujourd'hui, était le chef de file du mouvement brésilien Cinema Novo, et peut-être que prendre du LSD l'amenait vers ces images baroques portées par une force politique impérieuse. Comme il filmait des paysans, des sans-terre, des gens du peuple, on a associé son cinéma au néoréalisme italien, à De Sica et Rossellini, alors même que ses images ne ressemblent qu'à lui et sont sans filiation. On a été dîner ensemble chez Bertolucci et on a vu tous les deux un lièvre quitter le plat en sauce pour monter sur ses pattes au milieu de la table. Je n'étais pas du tout contente ni heureuse de ce lièvre qui vagabondait, et nous léchait les pieds, et Glauber non plus. On n'arrivait pas à le chasser. Il a fallu apprivoiser cet animal et le laisser envahir le dîner, sans laisser paraître à Bernardo qu'il y avait un intrus.

J'ai toujours peur de décevoir les gens que j'aime, si bien que, lorsque des cinéastes très proches m'incluent à leur projet, mon enchantement est recouvert par la panique. Quand Werner m'a invitée pour la première fois à rejoindre son univers, c'était pour *Flocons d'or*, qu'on a tourné dans la villa Flocons d'or à Avignon, et j'étais atrocement intimidée par notre amitié même. Comme il était très possessif à l'égard de Magdalena Montezuma, l'héroïne de *La Mort de Maria Malibran*, sa muse, son actrice fétiche, j'appréhendais de ne pas lui donner tout ce qu'il désirait, de rester à la marge de moi-même. On a tourné de nuit ce long poème visuel en quatre parties et un prologue, que Werner considérait comme un film tout à fait narratif, et immédiatement mes craintes se sont évanouies, peut-être grâce à la bouteille de cognac qui passait du sac de Werner à celui de Magdalena, à la joie qui émanait du plateau et d'Andréa Ferréol, ma partenaire de jeu, qui se baladait en fourrure, cuir et talons aiguilles dans les rues d'Avignon, *over dressed*. Magdalena jouait, je crois, une dominatrice. C'était peu de temps après le scandale de *La Grande Bouffe*, qui avait fait connaître Andréa partout où il y a des cinémas, et elle avait gardé ses rondeurs, tandis que j'étais la petite mendiante frissonnante de fièvre qui allait à la *Grande Opera*, selon l'expression de Werner, et qui n'a pas assez à manger. Comme Werner était un être entièrement inspiré, s'il acceptait d'entrer dans le monde d'un acteur, il le transportait dans le bonheur, la joie, le n'importe-quoi, l'absurdité, l'extravagance, mais à la fin, il y avait un film.

Brusquement l'image de Pascale partant avec Éric Rohmer à Heidelberg voir *La Petite Catherine de Heilbronn* de Kleist, que Werner mettait en scène et qu'Éric s'apprêtait à monter à la Maison de la Culture de Nanterre, me revient. Éric ne voyageait pas ou peu. Il devait avoir beaucoup d'amitié pour Werner pour accepter de faire ce voyage, et beaucoup aimer Pascale pour accepter sa proposition d'aller à Heidelberg, car, obligatoirement, l'initiative venait d'elle. J'imagine qu'il avait dû commencer par décliner ce projet. Comment le savoir aujourd'hui ? Je serais bien incapable d'imaginer une conversation entre Rohmer et Werner.

De même qu'est partie en lambeaux une magnifique expédition improvisée dans un Berlin-Est gris plombé avec Werner Schroeter et Jacques Rivette, qui pouvait réciter des heures entières *Les Chants de Maldoror* de Lautréamont ou des chapitres des *Essais* de Montaigne. Werner avait convaincu Jacques de cette balade en métro pendant un festival de Berlin où était présenté *L'Amour fou*. Ma mémoire est absurde qui garde précieusement les sensations, mais pas les mots dits. Barbet n'était pas avec nous, Jacques est mort, Werner aussi. Personne ne peut se substituer à cette vacance et me donner le texte perdu. Je me souviens juste de l'effervescence et de la joie, sous le ciel gris des immeubles soviétiques qu'on apercevait par la vitre. Peut-être s'est-on arrêtés pour boire un verre ? Le bonheur demeure.

Les voyages sont sans date. Je ne peux pas les situer dans le temps. Je ne suis plus certaine que cette virée en Allemagne de l'Est ait eu lieu avant l'angoisse totale du tournage de *Out 1*, un an après *L'Amour fou*, quand Jacques Rivette a radicalisé sa manière d'offrir son film aux acteurs, en ne prévoyant pas d'autre synopsis qu'un genre de diagramme avec des flèches. On n'avait pas de repères. On ne connaissait rien des scènes qu'avaient inventées les autres acteurs la veille. Je savais juste que la toile de fond de ce film feuilletonesque de douze heures et quarante minutes, sans que Jacques ait déterminé sa durée à l'avance, s'inspirait d'un paragraphe de l'introduction du cycle romanesque de Balzac, *L'Histoire des treize*. Cela me fait toujours rire que quatre petites lignes aient provoqué un tel fleuve. Jacques m'avait dit avant le tournage de « penser » à la duchesse de Langeais. J'y ai pensé. Mais ce n'est pas très perceptible. Il m'avait laissé le choix de la boutique que je tiendrais. J'étais une duchesse de Langeais qui s'occupait d'un lieu alternatif comme j'en avais vu à San Francisco, mais qui n'existait pas encore en France : un salon-bibliothèque-salon de thé, que Jacques avait nommé *L'Angle du hasard*, pas par hasard. Il m'avait dit : « Tu peux y faire venir qui tu veux. » Oui, mais pour quoi faire ? J'y avais convié des amis dont Barbet – on était clandestins, personne ne savait qu'on était ensemble. Et dans cette boutique, je repoussais Jean-Pierre Léaud, un faux sourd-muet qui s'exprimait grâce à son harmonica. Comme j'avais toute latitude de faire ce que je voulais, il me semble que je n'ai pas occupé dans le film la place que Jacques aurait souhaité que je prenne. J'ai réduit drastiquement mon rôle, notamment en refusant les avances du personnage tenu par Jean-Pierre. C'était très courageux et ludique de la part de Jacques de filmer ses acteurs – Juliet Berto, Michael Lonsdale, Françoise Fabian, Hermine Karagheuz, Bernadette Lafont, Michèle Moretti – sur le fil, tissant une intrigue dont il ne pouvait pas prévoir les rebondissements qui infléchissaient une structure qu'il avait certainement en tête – je ne l'ai jamais su et je n'ai jamais compris comment il retombait sur ses pieds. Le pari m'étonne toujours aujourd'hui. Il était encore plus insensé à l'époque, avant l'invention du numérique, quand la pellicule était un bien précieux à économiser et qu'il n'y avait aucun moyen de regarder ce qu'on venait de tourner en dehors de la cérémonie des rushes. Qui n'était pas immédiate. Il fallait attendre quelques jours. De toute manière, Jacques n'y allait pas, il aimait découvrir le matériel de son film en même temps que la monteuse ou le monteur, et les acteurs n'y étaient pas conviés. Et pourtant, toutes les photos prises sur *Out 1* montrent Jacques aérien, détendu, souriant, un chat aux aguets, faussement endormi, qui attend sa proie. Il ne nous donnait aucune indication avant les prises, pas plus qu'à Pierre-William Glenn, le si talentueux chef opérateur qui portait la caméra à l'épaule et improvisait ses déplacements en les calant sur les nôtres. J'ai tout oublié de ce tournage, mais pas le sentiment d'un filet jeté sur nous, quand Pierre-William partait à la pêche. Souvent, Jacques arrêtait de regarder les acteurs pour se centrer sur ce que la caméra attrapait, tandis qu'on se lançait.

J'ai tout à fait oublié pourquoi mon personnage, Pauline-Émilie, porte deux prénoms, et pourtant, il suffirait de revoir le film, l'énigme est probablement simple à résoudre. J'avais oublié aussi les caractéristiques familiales de Pauline-Émilie, qu'elle est la mère de petites jumelles par exemple. Il est possible qu'elle disparaisse sur la côte d'Aubade, parce que j'avais moi-même envie de fuir la terreur suscitée par cette liberté sans limite. Mais ce qui m'intrigue plus que tout, c'est que je ne sais plus si Pauline-Émilie est en panique parce que j'avais décidé qu'elle le serait ou, inversement, parce que j'étais affolée. Aujourd'hui, je suis persuadée que la peur qui transpire de l'image – les doigts qui se rétractent, les regards qui vacillent, les muscles qui flanchent et m'obligent à me coller aux murs – est jouée. Et pourtant je me souviens de l'angoisse bien réelle qui m'attaquait à la perspective de dupliquer avec Pauline-Émilie ce que j'avais déjà expérimenté avec Claire dans *L'Amour fou* dont j'étais sortie lessivée. Elle n'avait aucune raison d'être puisque personne ne me demandait de jouer la même femme. Les autres motifs de mon angoisse, je les ai oubliés ou je ne les ai jamais sus. Je me souviens juste que Michael Lonsdale me paraissait dans le bonheur sans mélange de l'invention, complètement à l'aise dans ses improvisations et ce rôle de directeur d'une troupe de théâtre, qui lui permettait de se remémorer tout ce qu'il avait appris durant ses années de compagnonnage avec Tania Balachova, de ses lectures d'Artaud, du Living Theatre, et surtout du gourou Jerzy Grotowski. Pourquoi ce qu'on croit avoir raté occulte-t-il le reste ? Quand je pense au tournage de *Out 1*, ma mémoire se fixe sur une cuisine, où Bernadette et moi, qui étions pourtant si proches, n'avons rien réussi à nouer. On n'est même pas parvenues à faire n'importe quoi. On est restées côte à côte sans se dire un mot. Car Bernadette non plus n'avait pas envie d'improviser. J'étais catastrophée, extrêmement gênée à l'égard de Jacques, qui a gardé la scène dans sa longueur. Il était très content. C'est seulement maintenant, plus de cinquante ans après le tournage, que je m'aperçois que je m'en suis voulu pour rien, que notre silence est mystérieux, que la tension accroît l'impression d'un secret, et qu'il a sans doute mieux servi la scène que si nous avions été volubiles. « Parler avec les mots des autres, ce doit être ça la liberté. » J'ai pensé à *Out 1* lorsque j'ai entendu Jean-Pierre Léaud dire cette phrase quelques mois plus tard, dans *La Maman et la Putain*.

Puis il y a eu la projection du fleuve que Rivette avait voulue à la Maison de la Culture du Havre, pour nous dépayser, nous extirper de notre quotidien. La vision était une folle expérience. Pendant les douze heures quarante, on allait de surprise en surprise, de rebondissement en rebondissement, de suspens en suspens, il y avait des débats pendant les entractes. Ce qui surgissait, c'était l'intrigue même du film qu'on avait narrée sans en avoir aucune idée. Je n'en revenais pas de ce dédale qui s'était construit avec et sans nous. Je ne vois pas quelle expérience de cinéma pourrait s'apparenter à *Out 1* et quel producteur, à part Stéphane Tchalgadjieff, aurait accepté de prendre le risque d'un film sans aucun garde-fou, même pas celui de la longueur ou d'une ligne écrite. D'habitude lorsqu'on voit pour la première fois un film dans lequel on joue, on ne remarque que ses propres défauts et l'ensemble disparaît. Bizarrement, grâce ou malgré sa démesure, le visionnage de *Out 1* échappait à ce regard égocentré. Peut-être parce qu'on pressentait que chacune des projections serait une rareté, qu'on était à la fois les premiers spectateurs, mais aussi les seuls pendant au moins vingt ans.

L'Amour fou a failli disparaître dans l'incendie d'un blockhaus qui a brûlé les négatifs du film en 1973. Près d'une heure de bande-son de *Out 1* a été perdue jusqu'à sa restauration en 2015. Les films aussi, comme les vies humaines, comme la mémoire, sont la proie des intempéries, dispersions, égarements.

J'ai oublié la projection de *L'Amour fou* à New Delhi dans un festival, à une époque où il n'était pas courant de voyager en Inde. Ou plutôt, je ne peux pas m'en souvenir car elle n'a pas eu lieu. Les bobines ne sont jamais arrivées. J'étais donc là : une actrice française en tenue d'apparat qui évoquait un film absent devant des salles combles et enchantées, sa (courte) présentation remplaçant la projection sans que cela semble déranger les spectateurs. J'ai poursuivi le séjour organisé dans des mégapoles indiennes, actrice française représentant la France, constamment maquillée et brushée, ne pouvant déroger aux mondanités, tandis que les vautours tournicotaient autour des cadavres dans les rues de Calcutta et se déchiraient pour des morceaux d'humains. Je me devais d'être toujours en tenue de gala, prête pour les grandes soirées d'un luxe inimaginable, à côté de l'océan de la misère. Je voyageais de ville en ville en attendant que les pellicules arrivent à destination. Je me souviens d'avoir décliné la proposition d'une chasse au tigre à dos d'éléphant avec pacha organisée par un ambassadeur en mon honneur, je n'en pouvais plus. Puis j'ai bifurqué, l'âme aventurière, de Calcutta vers Katmandou, pour faire la route, ça aurait pu être le début d'un film d'Antonioni. Mais l'aventure n'a pas eu lieu. Le roi du Népal m'a kidnappée. À peine installée dans l'unique hôtel entièrement vide, un messager m'a fait savoir que Son Altesse serait très heureuse de faire ma connaissance. Une Mercedes m'attendait et, dès lors, c'était trop tard. J'étais dans le palais du roi d'où il était impossible de s'extraire faute de route, puisque la seule, assez large, construite pour permettre au parc automobile de la royauté de ne pas rouiller, ne conduisait que du palais à l'aéroport et de l'aéroport au palais, avec une escale devant l'hôtel. Le roi jouait au ping-pong. Il jouait au ping-pong toute la journée en buvant du pouilly-fuissé, le même qui était servi au Café de Flore et que je buvais avec mes amis. Il m'a tendu une raquette, une balle, un verre. J'étais donc au bout du monde pour jouer au ping-pong avec le roi du Népal, entendre le bruit métronomique des petites balles blanches, et boire du vin français. Les parties s'enchaînaient, l'ennui m'acculait, absurde et comique, je tenais le rôle de l'actrice blanche et blonde, dont le roi avait besoin pour épater sa cour, d'autres altesses en visite et, de temps en temps, on sortait du domaine, pour faire un petit tour en Mercedes jusqu'à l'aéroport. Puis on revenait. Jour après jour, je pensais à *L'Ange exterminateur*, ce film de Buñuel qui montre des personnes incapables de quitter une pièce alors que la porte est ouverte. Peu d'années après, j'ai beaucoup songé au circuit absurde du palais en marchant avec Delphine Seyrig, Stéphane Audran, Fernando Rey et les autres sur la route qui ne mène nulle part dans *Le Charme discret*…

Comme trace de l'absence d'aventure, ne me reste qu'une demi-boucle d'oreille offerte par le prince du Bhoutan qui était venu rendre visite à Sa Majesté du Népal – j'ai perdu tous les autres petits bijoux qu'il m'a offerts. J'ai oublié comment j'ai finalement poussé le portail pour m'enfuir vers Katmandou à dos de mulet, en scooter, à pied, où quelques mystiques hippies faisaient circuler des bébés de bras en bras, en fumant de la ganja. C'était un autre enfermement. Je ne fume pas, mais ça m'amusait, pour un coup de bluff, de rapporter à mes amis une grande boîte en métal pleine, que l'attaché culturel avait rangée dans la valise diplomatique sur le vol du retour. À Paris, elle a disparu. J'étais surprise. Toutes les conversations bruissaient des rumeurs d'une fabuleuse herbe népalaise. L'horrible homme en noir qui se prenait pour Phil Spector l'avait dérobée dans l'armoire de Sam, mon coup de cœur voyou, et il en revendait le contenu à prix d'or.

De ce voyage aussi raté qu'extraordinaire je garde un moment exceptionnel : une journée à Calcutta avec Satyajit Ray qui m'a fait visiter les immenses studios de cinéma où il tournait certains de ses films. C'était au-delà de mes espérances. Je n'étais jamais entrée dans un studio, même ceux de Boulogne-Billancourt, je ne les connaissais pas. Je n'avais tourné que dans des films en décors naturels, c'est-à-dire dans de vrais appartements, de vraies rues, de vrais champs de blé. En revanche, j'allais au cinéma deux fois par jour avec André Téchiné et j'étais très admirative des films du maître indien.

Je sais bien que de sublimes acteurs disent qu'ils ne lisent jamais de scénario et qu'ils s'informent deux secondes avant la prise sur ce qu'on attend d'eux. Je peux le comprendre, mais je n'ai jamais eu cette force, cette confiance, ou plutôt cette attirance. Pour moi, un film ne se fabrique pas entre « coupez » et « moteur », mais avec toutes les histoires qui le précèdent et l'entourent, tout ce qui est dit sans y penser avant que le tournage commence. On fait un film comme on continue de vivre avec des amis, ou des amis de ses amis, ou parce qu'on y voit un détail qui ricoche sur sa propre vie et ses mondes parallèles, et une constellation se forme. J'aime toujours mieux savoir un tout petit peu quelque chose que rien du tout avant de me jeter devant la caméra. Se projeter et interpréter, c'est tout de même plus amusant et enrichissant qu'être une icône qui joue son propre rôle. Pour qu'un rôle vienne à moi, j'ai besoin de deux, trois détails sur lesquels m'appuyer. Pour ce travail très fin, de dentelle, que permet le cinéma, où la caméra a autant d'importance que l'acteur, je préfère disposer de matière à rêver, de brindilles. Cela peut passer par un costume, par une teinte de blond, par une manière de fumer, par des chaussures qui impliquent une démarche, par un accent.

Ça peut paraître tout à fait insignifiant. Ce n'est que de l'infusion. Mais qui dit infusion dit durée. Il me faut un peu de temps pour qu'apparaisse cette suite de micro-expressions imperceptibles à l'œil nu, que seule une caméra peut capter et qui peut dévoiler un état d'âme contradictoire alors que rien ne bouge – je pense aux actrices de Bergman. Sinon, c'est le grand vide.

Je n'ai pas oublié l'unique fois dans ma vie où j'ai défoncé une porte. C'était un matin d'hiver glacial à Berlin, je n'avais pas dormi de la nuit, j'ai cogné contre elle, puis j'y ai mis tout mon poids, et elle est tombée sans m'entraîner dans sa chute. Et derrière, il y avait Rainer Werner Fassbinder sur son lit, en train de regarder un film de Bresson, *Pickpocket*, à peine étonné par mon arrivée dramatique. Il était charmant, détendu, vaguement surpris de mon état de nerfs et que je l'informe que, puisqu'il en était ainsi, je rentrais chez moi, à Paris, que je quittais cette *Troisième Génération*, où personne ne prenait la peine de me dire ce que j'y faisais. Il ne m'avait jamais vue comme ça, ni moi non plus, je ne m'étais jamais vue comme ça, ce n'est pas du tout dans mes habitudes de casser des portes. C'est drôle comme on peut monter en chantilly toute seule : j'étais partie pour l'assassiner et il ne me voulait aucun mal. Je me suis assise sur le lit. J'étais évidemment enchantée de travailler avec Fassbinder et sa bande d'acteurs, comment ne pas l'être ? Mais j'étais prise de désarroi parce que Rainer, qui était un ami, avec qui je roulais en voiture avec Barbet la nuit pour lui montrer une ville que même les Parisiens ne connaissent pas, ne parlait qu'en allemand avec son équipe. La veille, Rainer m'avait mis un yoyo dans la main, et j'avais très bien compris que ce jouet pendulaire était un sparadrap afin que je ne pose aucune question. Il me répondait par un sourire. L'exaspération a monté d'un cran quand je me suis aperçue que toute la journée, je m'étais méprise sur l'identité de l'un des personnages. J'avais ouvert la porte à un terroriste que je prenais pour un dealer.

Le malentendu n'avait aucune espèce d'importance. On tournait à toute vitesse, le film a été bouclé en trente jours, entre janvier et février, Rainer filmait lui-même pour la première fois avec une très grosse caméra tout en s'occupant de la lumière, il savait exactement où il allait. C'était une expérience très dense, parce que tout était dense avec Fassbinder. À la fin du film, dans la neige, il m'avait mis des ailes de papillon et des collants roses, toute l'équipe était dehors en petite tenue sous moins vingt, et les acteurs travestis rivalisaient d'invention pour lui plaire sans éprouver le froid. Si Fassbinder avait dû crier, ça n'aurait pas été contre moi. Il avait une relation très gentleman avec les actrices. Il aurait fallu prendre ma méprise comme une blague, avec désinvolture, penser que ce n'est jamais que du cinéma, mais je suis sérieuse quand je travaille. À sa sortie, le film a été conspué par l'extrême gauche qui ne supportait pas que les terroristes soient montrés sans cohérence politique, vides, se droguant, tuant pour calmer leur mal de vivre, par stupidité, et par la droite qui estimait qu'on ne pouvait pas concevoir une comédie sur un sujet qui causait des morts. Peut-être n'ai-je jamais su qu'une cabine de projection à Salzbourg avait été incendiée, blessant le projectionniste, et que le film avait suscité une émeute à Francfort. En tout cas, je l'ai oublié. Je n'ai jamais revu ce film si rare de Fassbinder, dont l'histoire m'a échappé, comme sans doute au reste des acteurs et pourtant je me souviens de ses bouliers et de mon yoyo, de la bande-son saturée et d'Eddie Constantine, en écho avec certains films de Jean-Luc Godard, et je suis prête à parier qu'il reste prémonitoire aujourd'hui. Je revois un film mal aimable, qui n'a pas la séduction du *Mariage de Maria Braun* ou de *Lili Marleen*. J'ai appris ensuite qu'il comptait énormément pour Fassbinder qui avait bien connu Baader et Meinhof, lesquels étaient morts une poignée d'années auparavant en prison.

J'ai tout de même dû me raconter une histoire à propos de cette enseignante française à Berlin qui vit avec des terroristes, car, des années plus tard, j'ai eu envie de la retrouver dans un autre film, de prendre de ses nouvelles et de regarder ce que le temps avait fait d'elle. Elle aurait été dégoûtée de la politique, fait quelques casses dans les banques, et elle aurait été incarcérée. J'étais en Suisse sur le tournage de *Seuls*, un film de Francis Reusser, quand j'ai posté une jolie carte postale de chat à Jacques Rivette avec simplement écrit : « Et si mon personnage dans *La Troisième Génération* revenait à Paris après de longues années en prison ? » C'était le point de départ du *Pont du Nord*. Ce qui était drôle, c'est que j'avais quitté ce personnage dans l'hiver glacial de Berlin, pour le rejoindre dans un Paris tout aussi frigorifique.

Jacques Rivette, c'est une amitié de cinéma. Mais comme le cinéma c'était sa vie, c'est une amitié de vie commune à passer des nuits à parler des films que l'on venait de voir. Je croyais qu'il vivait dans les salles de cinéma, c'était le seul lieu où il nous arrivait de nous croiser. Parfois, la rencontre se poursuivait par un café. On ne se voyait pas en dehors des tournages et des six mois intenses qui les précédaient pour leur préparation. Si bien que, quand tout d'un coup, Jacques m'a dit au téléphone : « Mais venez donc, Barbet et toi, dîner à la maison », je suis tombée de ma chaise. Je ne pouvais pas imaginer que Jacques organise un dîner chez lui. J'ai appelé sa productrice, Martine Marignac, pour savoir ce qui se passait. Elle m'a confirmé la révolution : « Bulle, Jacques a désormais des rideaux à ses fenêtres, il a un écran plasma, il a des couverts, une table, des chaises, une cuisinière, il peut t'inviter à dîner avec Barbet. » Jacques et Véronique étaient tombés amoureux, et tout ce qu'avait été Jacques jusqu'à 76 ans n'existait plus. Je me souvenais de Jacques habitant sur le canal. Comme son appartement était plein à craquer de livres et de journaux, il avait décidé de prendre une chambre contiguë dans un hôtel modeste, et de monter chez lui chercher les exemplaires dont il avait besoin.

Lorsqu'il a emménagé avec Véronique, le plancher de son nouvel appartement a menacé de s'écrouler à cause du poids des tables, car il avait voulu, comme dans les librairies, y installer des étals de livres.

Les souvenirs sont trompeurs. La carte postale à l'origine de *Pont du Nord*, le film de Jacques Rivette, que j'ai tourné avec ma fille Pascale, n'existe peut-être pas. Véronique Rivette m'a envoyé une copie par mail d'une longue lettre écrite à la va-vite, à 4 heures du matin, comme je ne me souviens pas d'en avoir jamais envoyé. Je ne mentionne pas *La Troisième Génération*, mais une très grande violence intérieure et j'explique à Jacques que je préférerais qu'elle irrigue des rôles, plutôt que de poser des bombes. Je lui dis que je veux jouer des Mesrine, des Pierrotte la Folle, des Arsena Lupin plutôt que des Mademoiselle Sage-Femme, la prostituée au grand cœur, Madame Middle-Age. Je lui écris que j'ai une mitraillette dans la tête et que demain matin j'ajusterai mon sourire de jeune femme douce, personne ne verra rien du séisme en moi. J'ignorais que j'avais une telle proximité avec Jacques. J'avais oublié que je lui confiais mes pensées. Je lui fais part de mes « très mauvaises fréquentations ». J'ai oublié à qui renvoient ces allusions. Je n'ai aucune idée des raisons de ma colère cette nuit-là, dans un hôtel à Montreux, face au lac Léman. Je sais juste qu'aujourd'hui il m'arrive d'être en colère, oui. Mais c'est souvent contre moi-même.

On l'a cependant tourné, ce film, où, comme toujours, Jacques nous a laissées, Pascale et moi, construire nos personnages, en nous offrant à chacune un exemplaire de *Don Quichotte*, et en nous montrant *Macadam Cowboy*. Il avait envie de filmer un couple comme on en voit dans certains westerns, où le jeune et le plus âgé font un bout de route ensemble, se soutiennent mutuellement avant de retourner à leur solitude. Faire l'histoire d'une rencontre, plutôt que d'un conflit. Et de solidarité entre deux personnes qui n'ont pas de liens familiaux ou amicaux. J'ai oublié d'où provient le prénom masculin du personnage que joue Pascale, si c'est elle qui a choisi de le nommer Baptiste. Mais pas qu'elle a apporté son casque et le petit chignon en guise de heaume, son vélomoteur pour tout cheval, ses jeans et son Perfecto comme armure, et le karaté – elle adorait les films de kung-fu. Il y avait la symbolique très forte des hallucinations de Don Quichotte à travers les monstres que Baptiste combat et qui traversent sa vie intérieure, alors que j'ai tout de suite été assez distante de Sancho Pança, préférant tisser le fil de *La Troisième Génération*. J'avais choisi l'un de mes prénoms, Marie, pour cette femme forcément dehors, sans attaches, mais avec un passé. Sa claustrophobie a induit l'économie du film dont le budget était celui d'un court-métrage. Pas de scène d'intérieur, donc pas d'éclairage. Pas plus de lieux clos pour se maquiller, se coiffer, s'habiller, les contraintes servaient l'histoire qui montrait la fin du règne de Giscard, quand toute une génération est tombée en dépression. Jacques était en petite veste, il grelottait, et je lui avais offert la canadienne que j'avais sur le dos. Jean-François Stévenin me réchauffait les pieds. C'est fou comme l'on n'oublie jamais la météo d'un tournage alors que le reste s'étiole en incertitude. Jacques avait choisi Pierre Clémenti comme amoureux et assassin. Je me souviens des tartines de pages à apprendre, qui nous parvenaient sous la porte à minuit, et de mon affolement la nuit quand je les apprenais en cherchant la tonalité de la relation entre Baptiste et Marie. On avait peu de temps et Jacques ne nous demandait plus d'improviser. Tout au plus expérimentait-il parfois une autre méthode, où l'une avait connaissance des dialogues tandis que l'autre réagissait spontanément à ce qu'elle entendait.

J'ai oublié ma photo préférée, prise par Roswitha Heckel, sur le tournage de *Flocons d'or*, un film encore plus invisible que *L'Amour fou* et que *Out 1*, car Werner, une fois de plus, avait mis la voix de la Callas partout, avec celle d'Elvis Presley, sans acquérir les droits musicaux. Le film, produit par les Films du Losange, n'a jamais été distribué dans sa version originale, il est montré en catimini à l'occasion d'une rétrospective, les copies sont rares, et peut-être même qu'il n'en existe plus qu'une seule. J'ai oublié cette photo prise par Roswitha pendant le tournage de ce film sublime et que Werner avait lui-même tirée dans des teintes gris et blanc très pâles, énigmatiques, au bord de l'évanouissement, mais je la porte intérieurement. De même, ceux qui aiment *Flocons d'or* ne peuvent le revoir que mentalement, en essayant de ne pas trop solliciter leur mémoire pour que des fragments leur parviennent, car dès qu'on s'oblige à se souvenir de quelque chose, on l'oublie instantanément. Barbet m'avait dit à propos de cette photo tirée par Werner : « Viens, on va la faire encadrer. » On l'a laissée quelques mois ou années chez l'encadreur, puis on a perdu l'adresse, impossible de se rappeler dans quel magasin on l'avait abandonnée, et quand j'ai retrouvé dans la poche d'une veste une carte de visite qui aurait pu correspondre à celle qu'on cherchait, l'artisan avait disparu, son numéro sonnait dans le vide. Je suis repassée devant ce que je croyais être cette boutique. Il y avait à la place une chocolaterie close. J'y suis retournée quelques jours plus tard, décidée à demander à la propriétaire si je pouvais visiter leur cave, j'avais un petit espoir que la photo soit empilée sur d'autres trésors perdus, il suffit parfois de désirer pour avoir gain de cause. Je suis entrée parmi les chocolats et j'ai vu un reflet mouvant de mon visage sur l'étal transparent du comptoir qui surplombait des sucreries kitsch en pâte d'amande. J'ai levé la tête, la photo était accrochée, encadrée, elle attirait le regard. J'ai filé avant que la vendeuse me demande ce qui me ferait plaisir, n'osant rien dire, effrayée par cette apparition frontale. Je craignais que la chocolatière me reconnaisse en dépit de la coiffure, de l'absence de frange et des années passées, voleuse de mon reflet. Il n'y a pas de photos de moi sur les murs ou étagères de l'appartement où je vis depuis cinquante ans avec Barbet, rue Pierre-Ier-de-Serbie, elles sont dissimulées dans différents placards.

Werner m'avait demandé de faire le voyage jusqu'à Heidelberg avec les bobines de *Flocons d'or* sous le bras, car il voulait montrer son dernier film à sa mère adorée. Je suis entrée chez lui avec les bobines et un bouquet de cent roses différentes, et chacune d'entre elles distillait un arôme particulier, qui se mêlait avantageusement aux autres. Werner est devenu tout rouge, si furieux contre moi qu'il a attrapé mon bouquet et l'a éparpillé par la fenêtre. J'étais arrivée trop tard. Sa mère était morte.

Je me souviens que lorsque mon frère est mort d'un horrible accident de la route qui a découpé son corps en morceaux dans le sud de la France, je n'ai pas couru immédiatement rejoindre ma mère chez elle, je n'ai pas pris l'avion avec elle pour Nice, je l'ai laissée dans le désastre, car j'avais promis à Werner d'aller le chercher à Orly et que je ne voulais pas qu'il se retrouve seul à l'aéroport. Ma mère était entourée, elle était avec Pascale et ma grande sœur, et je les ai rejointes à Nice dans la journée. Il n'empêche : je savais que j'étais la personne au monde dont elle avait le plus besoin et j'ai choisi de m'échapper. Encore aujourd'hui, mon geste m'est incompréhensible. Pourquoi m'a-t-il été impossible de manquer à ma parole d'être à l'heure à Orly pour chercher Werner qui aurait pris un taxi, au lieu d'être au côté de ma mère qui vivait une tragédie ? Mon frère a laissé une petite fille ravissante de 9 mois, ma nièce, Florence, qui comme moi dès le commencement de sa vie a grandi sans père.

Ma mère me manque beaucoup ces jours-ci. Elle se dépose en Rachel Schwartz, la mère de Christine Angot, que j'interprète dans *Un amour impossible* mis en scène par Célie Pauthe, avec Maria de Medeiros qui joue ma fille, Christine. Elle est entrée sur le plateau sans que je l'appelle et elle redescend en moi tous les soirs à travers Rachel et sa sollicitude à l'égard de sa fille. Chaque soir, sur scène, je reçois le reproche de mon aveuglement total et de mon silence lorsque j'apprends la vérité. C'est peut-être lorsque je cherche à écouter Christine, à saisir son raisonnement, et que j'attrape un bout de papier dans mon sac, où j'ai noté une citation de Proust, qu'elle s'invite de la manière la plus incandescente. Bien qu'elle ne soit pas exactement au même endroit à chaque représentation. La citation dit que le chagrin se détruit encore plus facilement que la beauté, au point qu'on n'en garde aucune mémoire une fois qu'il a disparu. Ce qui est drôle, c'est que lorsque Léonore, la fille de Christine Angot, est venue voir la pièce, elle m'a dit que j'étais exactement sa grand-mère. Je n'ai pourtant croisé Rachel qu'une seule fois, le soir de la première aux Ateliers Berthier à L'Odéon, de très loin car je ne voulais pas m'en approcher, être tentée de la copier, de jouer d'après un modèle. Je l'ai saluée brièvement en lui mettant dans les bras l'immense bouquet que je venais de recevoir.

Dans les affaires de Pascale, j'ai trouvé une boîte en carton entourée d'un joli ruban, et sur la boîte était écrit non pas « n'ouvre pas », mais « correspondance amoureuse ». Je n'ai pas détaché le ruban. La boîte est profonde. Chez ma mère, j'ai également trouvé une boîte en carton qui contenait ses lettres d'amour. Je ne l'ai pas non plus ouverte, et elle pèse également lourd. Mais que faire de ces deux boîtes ? Je ne peux pas m'en défaire, ni les jeter ni les ouvrir. Je suis toujours surprise de m'apercevoir que ma mère et ma fille se ressemblaient, qu'elles étaient toutes les deux éprises de l'amour. À la mort de Pascale, ses fiancés avaient loué une voiture de luxe pour se rendre ensemble à ses obsèques. J'entends les cloches de la paroisse. Elles ne sonnent pas à cette heure d'habitude. Chaque fois que je les entends, plusieurs fois par jour, j'éprouve un choc, car c'est dans cette paroisse que l'office a été rendu pour Pascale, pour Jean-Louis Barrault, pour Madeleine. Pour Madeleine Renaud, je n'en suis pas certaine finalement. J'ai oublié où étaient ses obsèques.

Je suis fébrile aujourd'hui, toute grise, je retiens ma peine pour qu'elle ne s'écoule pas, ne déteigne pas sur les autres, les murs, les carreaux de marbre du sol, du salon, que recouvrait une moquette épaisse posée par le propriétaire il y a cinquante ans. Je suis descendue à la cave, j'ai mis à sac le grenier du cinquième étage, j'ai tout remué de fond en comble, j'ai sorti les tréteaux pour installer une seconde table provisoire dans le salon, j'y ai déposé plusieurs montagnes de papiers, un massif central, celui de mon cœur. Je suis à la recherche d'une lettre que Jacques Derrida m'a écrite à la mort de Pascale, et je sais que je ne la trouverai pas. Je ne l'ai jamais lue, je revois Jacques Derrida dans la rue foncer sur moi pour me demander pourquoi je n'avais pas répondu à ses condoléances. J'ignorais qu'on écrivait ce type de courrier avec l'intention de recevoir un avis de réception. Je n'ai répondu à aucune lettre reçue après la mort de Pascale, je n'étais pas en état, je n'ai pas pu les ouvrir ni les lire, ou seulement quelques lignes de quelques-unes. Mais je les ai précieusement conservées. En cherchant cette lettre dont j'ai aujourd'hui besoin, je suis tombée sur des piles et des piles de lettres de tristesse qui proviennent du monde entier. Recherchant, fouillant, déplaçant, je suis aussi tombée sur un carton avec du courrier que j'ai reçu, jeune femme. Qui étais-je ? Les écritures sont belles, très lisibles, mais ce qu'elles racontent ne m'évoque rien. Je regarde les signatures : elles sont indéchiffrables. J'en ai parcouru certaines, j'ai noté que j'étais très intime avec ces personnes qui me racontent leurs vacances, me demandent de mes nouvelles, me parlent de leur chat. C'est troublant. Il y a un dossier d'une épaisseur hallucinante avec des petits bleus, qui précèdent les télégrammes. C'étaient les pneumatiques, avant les tweets, en cent quarante signes, et, pourtant, il fallait également faire court. On s'en souvient grâce à Gainsbourg. Sinon tout le monde aurait oublié les petits bleus. Pas uniquement moi.

Je ne jette rien. Une jolie ficelle, je la garde. Un pochon de Finlande qui me plaît, je le mets avec les pochons. Je suis incapable de me défaire d'un journal, alors j'ai arrêté de les acheter pour ne pas être envahie. Mais je me promets de recommencer, j'aime bien mieux le papier que les écrans. Il y a un phénomène curieux. Sur une tablette, je ne lis jamais un journal en entier, je n'arrive jamais jusqu'aux pages Culture.

Je ne jette rien, mais je perds tout et parfois le souvenir de ce que je cherche. Le seul avantage de la disparition des cabines téléphoniques est qu'on n'y oublie plus son sac, son répertoire, son porte-monnaie, son foulard, son agenda, sa brosse à cheveux, ses pièces de monnaie. J'ai passé ma vie à retourner dans des cabines pour y rechercher ce que j'y avais laissé. Je me souviens des cabines téléphoniques dans *Le Pont du Nord*, et de Marie, mon personnage, qui ne respirait plus quand la porte vitrée se refermait sur elle, et je pense que le film qui montre l'entrée dans les années quatre-vingt est un festival d'objets, de pensées, de sensations, qui ont disparu. Je perds tout.

Ce n'est jamais agréable un tournage, on est constamment dans l'inquiétude. Une fois que la prise est faite, on pense qu'on aurait dû s'y prendre autrement. Au théâtre, on peut toujours se dire : « Bon, j'ai raté cette scène, mais je ferai mieux demain. » Étant donné le budget de la plupart des films que j'ai tournés, j'ai été obligée d'oser être à mon maximum d'emblée, car il n'y avait ni le temps ni l'argent pour s'y reprendre à vingt fois, ou exiger, comme Dustin Hoffman, soixante-quatorze prises, le nombre minimal pour qu'il se trouve correct. Je pense me libérer au bout de la troisième prise. Au début, je fais ce qu'il faut, mais je n'ai pas assez confiance en moi pour partir assez loin, et après, je risque de me répéter. Aujourd'hui, en vidéo, on peut tourner autant qu'on veut. Ce n'est pas plus facile pour le cinéaste, qui se retrouve avec un Himalaya de rushes qu'il doit escalader toutes les nuits pendant ses insomnies.

C'est incongru : *Maîtresse* a été le tournage le plus radieux de ma vie, le plus détendu, le plus gai, alors que je joue une dominatrice professionnelle avec tout ce que cela suppose d'expertise en sadomasochisme. Je suis cambriolée par Gérard Depardieu qui était complètement inconnu quand je suppliais Barbet de le rencontrer pour lui proposer le rôle. Je venais de le voir dans *Sauvés* d'Edward Bond, que Claude Régy avait mis en scène en 1972, et il avait été une telle révélation pour moi, que pendant quelques semaines, je ne réussissais pas à parler d'autre chose que de cet acteur débutant. Je l'imitais, je montrais à Barbet sa manière de jouer absolument pas théâtrale. Si bien qu'au bout d'un moment, ne serait-ce que pour varier les sujets de conversation, Barbet n'a pas pu faire autrement que de se déplacer pour le voir à son tour, et lui aussi a été subjugué. Pendant près d'une année et demie, nous sommes allés ensemble, Barbet, Gérard et moi chez Mado, une dominatrice qui officiait dans un appartement à Châtelet, une femme délicieuse et marrante, qui recevait tout le monde avec intelligence, et nous parlait de son métier et de ceux qu'elle nommait ses « esclaves ». Elle a aussi inspiré le film de Claude Sautet qui porte ce titre. On faisait de grandes tablées avec Jean-Pierre Rassam, qui produisait *Maîtresse*, Jean-François Stévenin, qui était assistant sur le film, des vieilles copines de Mado, qui faisaient le tapin dans le coin et qui étaient toutes assez âgées, Werner Schroeter, et tant d'autres. L'appartement de Mado était devenu un point de ralliement pour se voir entre amis, on allait chez Mado comme on se retrouve au café. Elle n'avait pas du tout le physique de l'emploi, elle ne cochait aucun des stéréotypes. Tout ce temps pris ensemble avec Mado a créé une grande complicité entre Gérard et moi. On avait tellement ri ensemble et bu du champagne avec elle, que, dès le premier jour du tournage, tout coulait de source. Pour le film, nous avions aussi fréquenté une autre dominatrice qui logeait au-dessus d'un commissariat de police et avait placé sa fille dans l'école très chic de la Légion d'honneur.

Les « esclaves » du film lui « appartenaient ». C'est elle qui leur avait donné l'ordre d'être sur le tournage. Mais s'ils étaient si à l'aise, c'est grâce à la grande finesse de Gérard. Il n'avait jamais aucune réflexion déplacée.

Gérard a accepté très facilement de donner dix-huit mois de son temps rien que pour la préparation. Puis, tout d'un coup, avec la sortie des *Valseuses*, il est devenu une star. Bernardo Bertolucci, qui lui aussi était une vedette depuis le *Tango*, lui a proposé *1900*, Robert De Niro le voulait comme partenaire, et même si le contrat était signé, Barbet ne pouvait pas lui refuser ce tournage. Donc, le tournage de *Maîtresse* a été différé de deux ans. Il aurait dû succéder à celui de *La Salamandre*. Ça m'aurait amusée que ce soit le cas, que les deux films sortent à peu près en même temps. Le contraste extrême entre le personnage de Rosemonde, la jeune femme désinvolte qui fabrique des saucisses à la chaîne et n'arrête pas de démissionner de ses postes, et celui d'Ariane, dominatrice professionnelle, n'en aurait été que plus saisissant. J'ai oublié que moi aussi j'étais une star et que j'aimais ménager mes effets.

Deux ans, cela laisse du temps pour les recherches. Je me souviens que Karl Lagerfeld avait dessiné les habits de ville d'Ariane, mais que je porte un corset fabriqué par un postier de Lyon à la retraite, dont la culture encyclopédique s'était développée à partir de sa passion. Il connaissait toute l'histoire de ce vêtement, du début de la Renaissance au XXe siècle. Barbet, qui est un explorateur, avait écumé les boutiques de Pigalle à Londres en passant par Berlin jusqu'à la rue du Faubourg-Saint-Honoré en face de l'Élysée, à la recherche d'une peau suffisamment fine et douce pour être acceptée par les clients, très exigeants. Et finalement, j'ai oublié comment il était tombé sur ce monsieur postier à Lyon.

J'ai eu un plaisir fou à tourner avec Depardieu, car il ne joue rien. Il laisse les choses aller de soi. J'ai adoré la scène de la fin, où l'on fait l'amour en conduisant, l'un se charge du volant, l'autre des pédales, on est dans une égalité parfaite. Yves Saint Laurent avait lancé la mode des turbans noués dans les cheveux, mais ce n'est pas pour souscrire à la tendance que je suis coiffée d'un bandeau dans cette ultime scène. On nous avait appris à ne pas nous faire mal, mais on n'a pas réussi à simuler quand la veille je lui avais donné une gifle qu'il m'avait rendue par un coup de boule. Personne n'a dit « coupez », quand le sang a dégouliné sur mon visage, on a continué la scène comme si de rien n'était et je suis allée aux urgences tout de suite après, pour des points de suture. L'étrange, c'est que toutes les parties sur la domination étaient évidentes, alors que je n'avais jamais observé Mado dans ses pratiques. Mais je sais que Barbet était monté là où elle officiait, avec tout l'arsenal nécessaire, croix, fouet, etc. Je n'ai pas mieux compris après avoir joué Ariane pourquoi des gens avaient besoin de se faire frapper, étrangler, enfermer dans une cage, humilier, transformer en monture, tout ce dont je me souviens, c'est que les clients du film, qui étaient de vrais masochistes, avaient l'air très heureux, ils rayonnaient après la journée de tournage. À l'exception d'un monsieur haut placé qui aurait pu financer le film avec son argent de poche, et qui se cachait. Il s'enfermait pour suivre le cours de la Bourse sans être reconnu. On n'a jamais su qui il était. Mais on a retrouvé dans la petite pièce où il se barricadait des monticules de *Journal de la Bourse* et de *The Financial Times* annotés et en vrac.

J'avais oublié, mais je m'en souviens quand je revois le film, que Barbet s'était arrangé pour que la chambre d'Ariane ait des analogies avec la nôtre. Notre appartement se vidait au fur et à mesure que celui d'Ariane se remplissait. Barbet a d'abord enlevé un portrait de moi, rêveuse, à 6 ans, peint par ma mère, qu'il a placé en toile de fond chez Ariane, puis un baiser en gros plan par un peintre arménien dans le salon, puis notre dessus-de-lit, qui était devenu celui de la dominatrice. Le film était produit par Pathé, la production avait les moyens d'acheter des accessoires et des éléments de décor, des reproductions et des tableaux, et j'ai oublié pourquoi Barbet a préféré que je sois chez moi chez elle, et inversement. Comme *1900* n'en finissait pas de prendre du retard, toute l'équipe s'occupait en attendant Depardieu. Nestor Almendros, qui détestait la lumière artificielle, avait le temps d'inventer des stratagèmes pour supprimer des spots grâce à des jeux de miroirs, Jean-François Stévenin, de peaufiner le plan de travail. J'oublie parfois que rue Pierre-Ier-de-Serbie, aucun escalier intérieur ne va de l'appartement du sixième au grenier du cinquième, ce capharnaüm où aujourd'hui des portants et des housses s'entassent, cachant des vêtements griffés qui entament leur déclin. Je rêve d'actionner comme dans *Maîtresse* une trappe pour glisser sur un toboggan qui me mènerait directement en enfer, sur les machines de Pilates.

J'ai oublié dans combien de séquences sadomasochistes de *Maîtresse* je suis doublée, mais pas que la dominatrice avait regroupé ses clients, les avait amenés en autocar jusqu'au plateau en leur interdisant de poser la moindre question. Ils devaient accepter une

« surprise » dont ils pensaient sans doute qu'elle était une soirée spéciale. Le monsieur haut placé était harnaché et sellé comme un cheval et je le chevauchais. J'étais troublée car il se prenait pour une chienne et il exigeait qu'on l'appelle « chienne ». Nestor Almendros lui demandait : « Chienne, pourriez-vous avancer légèrement à droite de la caméra ? » Entre « chienne » et cheval, je tombais dans une confusion et j'avais beau l'encourager avec les rênes, il refusait de bouger d'un centimètre. Se soumettre à la puissance supérieure du tournage ne l'amusait pas du tout. Seule sa vraie « maîtresse » avait la faculté d'entrer dans son scénario et d'améliorer les sévices qui lui procuraient du plaisir. Entre le fou rire qui montait, Nestor Almendros qui filmait en fermant les yeux car il était très pudique, l'homme-chien-cheval statique et la nécessité de garder son calme, le temps filait et ma mémoire s'est brouillée. C'est Barbet qui m'a rappelé que j'avais réellement tourné cette séquence alors que, toute ma vie, j'ai cru que j'avais été doublée. En revanche, c'est bien la dominatrice rémunérée en tant qu'actrice qui tient le fouet, car il faut savoir frapper sans blesser tout en faisant un peu mal, le dosage est si subtil que je n'avais pas envie de m'y risquer, et j'ai compris pourquoi Michel Foucault a écrit que le sadomasochisme est une école de la délicatesse. Malgré mes limites dans cet exercice, à partir du film de Barbet, j'ai intégré le clan des dominatrices. Pendant longtemps, j'ai continué de recevoir des lettres du monde entier qui m'écrivaient en tant que « chère consœur ». À la sortie du film, la douche fut froide. Gérard proposait dans un rire aigu : « Achetons-nous des imperméables pour éviter les crachats. » J'ai été blacklistée des grandes maisons de production. Barbet m'a appris hier que Buñuel avait appelé tous ses amis pour leur dire de courir voir ce film. Il leur disait qu'il ne pensait pas que c'était possible de filmer et de jouer « ça ».

J'ai oublié si j'ai déjà été en couverture d'un magazine féminin, si on a parié sur moi pour vendre du papier et de la pub, ou plutôt je sais que je ne m'en suis jamais souciée, mais je me souviens qu'à la sortie de *Maîtresse*, un journaliste m'a appelée, « ma chère Bulle », afin de m'accorder l'honneur de poses érotiques pour *Lui*, *le magazine de l'homme moderne*, qui tirait à plusieurs millions d'exemplaires. Je me suis creusé la tête pour savoir comment m'offrir avec langueur, intelligence et dignité à l'objectif et qui pourrait prendre les photos, une femme, ai-je tout de suite suggéré. J'ai appelé Sarah Moon pour le grain qu'on partageait, le flou de son regard, et parce qu'on avait fait partie toutes les deux de la bande de La Muette où se regroupaient des jeunes filles un peu rebelles de la bourgeoisie à la rencontre de garçons au drugstore des Champs-Élysées. On a ri du ridicule de courir avec un tee-shirt mouillé dans les vagues. Je me suis dit qu'aucun des personnages que j'avais joués, ni Ariane, ni Paulina, ni Rosemonde, ni Suzanne, n'aurait accepté que leur interprète s'exhibe. Mais la raison la plus tenace de mon refus, c'était Pascale. Elle aurait été indignée. Je n'avais pas envie d'être seins nus, l'air coquin, sur les dos de kiosque et qu'elle soit la cible de quolibets à l'école : « T'as vu ta mère... » J'ai dit non et j'ai refusé tous les rôles au cinéma qui auraient engendré que je sois mal regardée.

Je me souviens de Pascale à 12 ans se délivrant d'un lourd secret : « Tu sais, Maman Bulle, quand j'étais petite, sur le mur de l'école, quelqu'un avait écrit en grandes lettres noires : Pascale, ta mère est une droguée. » J'étais bouleversée d'entendre mon enfant me confier l'infamie quelques années après qu'elle avait eu lieu. C'était très injuste car très faux. Je ne prenais aucune drogue pendant toute la période Marc'O, qui lui-même n'en consommait pas. Juste des Maxiton que j'achetais en pharmacie tout à fait légalement, des petits moteurs pour tenir la nuit. Je n'ai pas oublié la voix de ma fille qui m'appelait Maman Bulle et qui cherchait à me protéger en me cachant son chagrin.

J'ai oublié le nom des cinéastes qui comptent aujourd'hui, ceux dont j'aimerais voir les films et auxquels les jeunes actrices et acteurs envoient des petits mots, et demandent à être présentés lors des soirées, quand ils veulent être au centre des festivités, ce qui exige un travail à temps plein, il faudrait savoir se dédoubler. J'ai oublié qui est Céline Sciamma, par exemple, je dis exprès le nom d'une cinéaste dont je sais l'importance. Je pourrais faire du *name dropping* avec tous les gens qui composent le monde du cinéma aujourd'hui et que je ne connais pas. Quand je suis invitée à une projection au Centre national du cinéma, je m'aperçois qu'une grande partie des visages m'est inconnue. J'ai oublié ces noms car je ne les ai jamais retenus, même après *La Salamandre*, quand le succès de ce film helvète post-soixante-huitard aurait pu m'embarquer sur une autoroute, il faut être vigilant car il est très difficile de dénicher la voie de sortie et, ensuite, on ne se reconnaît plus. J'ai mon petit snobisme : j'ai préféré être une actrice de cinémathèque, plutôt que de la grande distribution, et être filmée par des gens qui ont un regard. Aujourd'hui, je ne conseillerai à aucune jeune actrice d'entrer dans mes pas. Ce serait un suicide professionnel radical.

Parfois, des jeunes gens m'arrêtent dans la rue. C'est le plus souvent signe que *Vénus beauté (Institut)* est repassé sur une chaîne. Je me demande ce qu'ils décèlent de moi, à travers Nadine, l'énergique patronne du salon de beauté qui claque des talons, et qui ne me ressemble en rien, et j'ai toujours un peu peur qu'ils m'identifient à ce personnage. Il n'empêche : grâce à Tonie Marshall, j'ai joué pour la seule fois de ma vie dans un grand succès populaire et pu expérimenter un rôle dans lequel il m'a été impossible d'introduire le moindre morceau de mon moi. J'avais bien sûr répondu à Tonie qu'il lui fallait une actrice comique beaucoup plus drôle et tape-à-l'œil que moi. Elle m'a dit : « Non. » C'est une excellente directrice d'acteurs. J'ai suivi ses indications et pris aussi exemple sur Mme Guilbert, qui travaillait au salon Lucie Saint-Clair de l'avenue Pierre-Ier-de-Serbie. J'ai été plébiscitée quand je suis retournée dans le salon de coiffure ! Il y a des films qui portent chance. Toutes les actrices de *Vénus beauté (Institut)* se sont mises ou remises à recevoir beaucoup de scénarios juste après la sortie.

J'aimerais mieux connaître les jeunes cinéastes, si je les ignore, c'est à cause de Donald Trump qui colonise mon temps et mes forces psychiques. Je ne vais pas assez au cinéma, je ne lis pas assez de littérature, je ne vais pas assez au théâtre, et même ce qui se passe dans la France en miettes m'échappe en partie, alors que des Gilets jaunes marchent sous mes fenêtres. Une fois que j'ai vu, sur l'ordinateur, deux heures de démolition de la démocratie en route aux États-Unis, je n'ai plus aucun courage pour m'intéresser à ce pauvre Benalla et à son petit mystère. Je suis trumpisée jusqu'à la moelle. Barbet et moi, on vit au rythme américain, complètement assaillis par les nouvelles qui arrivent quatre fois par jour et les tweets présidentiels qui insultent les pauvres, les étrangers, les femmes, les Noirs, les Arabes, qui déclarent la guerre à l'Iran, à la culture, aux journalistes, aux intellectuels. On ne décroche jamais, donc je me couche très tard, vers 4 heures du matin. Depuis peu, on synchronise l'Amérique au rythme des élections brésiliennes et de l'arrivée du Trump II, l'horrible Bolsonaro, si improbable il y a peu. Je regarde les comiques américains, en costume noir et fine cravate, mettre en charpie Trump, féroces.

Pourtant j'ai toujours aimé tourner dans les films des jeunes gens, quand j'étais moi-même jeune puis moins jeune, puis carrément plus jeune du tout. J'ai oublié quand j'ai commencé à jouer les mères, il me semble qu'on ne m'a jamais confié de rôle de mère avant que je perde ma fille Pascale, si l'on excepte *La Paloma* de mon très cher ami Daniel Schmid, où je suis la mère d'Ingrid Caven, ce qui n'a aucune logique puisqu'on est nées dans les mêmes eaux, mais Daniel n'a jamais cherché à faire des films réalistes. C'était le rôle d'une seule séquence. Pour signifier la différence de génération et me donner un peu de majesté, j'avais choisi une fourrure, une canne et une capeline qui faisait de l'ombre sur le visage et empêchait de voir la jeunesse égale à celle d'Ingrid. Avec ces trois éléments, j'étais tout à fait à l'aise pour menacer et régenter mon monde.

Il ne faut surtout pas avoir l'air d'une clocharde. Ce n'est pas dans l'esprit du temps. Il faut être en forme, faire du Pilates tous les matins entre 7 heures et 8 heures pour bien entamer la journée. Et ensuite, zou, un jus de carotte au gingembre et c'est parti. À condition d'être indiscutablement un homme, on peut quand même exhiber une barbe de cinq jours, des cheveux pas lavés et des cernes. Mais encore faut-il être milliardaire et avoir du pouvoir. Seuls les milliardaires ont le droit de se déguiser en pauvre. J'ai remarqué que les hommes très riches aiment bien arborer un sac en plastique en guise d'attaché-case et un jogging à la place d'un smoking, ce que les femmes ne pourront jamais faire.

Devant le mur le plus humide du jardin du musée Galliera, au coin d'une rue où jamais personne ne s'aventure parce qu'elle est sinistre et froide au point que la mousse prolifère uniquement sur ce périmètre, il y a toujours un vieil homme qui se tient avec son gobelet. Il n'est peut-être pas si vieux, il n'a peut-être que 40 ans, mais vivre dans la rue démolit, si bien qu'il se confond de plus en plus à la pierre gris sombre du coin de la façade qu'il s'est choisie. Sur le chemin de l'aller, je suis toujours pressée et en retard, mais sur celui du retour, j'ai préparé ma monnaie. Aujourd'hui, j'ai essayé de lui demander pourquoi il avait élu cet endroit spécialement inhospitalier, été comme hiver, dans une rue si peu fréquentée. Il n'a pas compris ce que je lui disais. Il m'a fait un sourire. Juste en face, à la sortie de la meilleure pâtisserie du quartier, un autre mendiant, jeune et dynamique, a opté pour une place de choix car les gens sortent de la boutique avec des gâteaux et leur mauvaise conscience. La pâtissière m'a dit que lorsqu'elle n'avait pas de monnaie, il la dépannait. Ça me donne beaucoup d'émotions de voir ce vieil homme pas si vieux qui reste debout, à tendre son gobelet, alors qu'il n'y a personne. Il est toujours là. Je le vois quand je prends l'autobus 32, ou que je passe acheter des timbres au tabac. Je le vois quand je vais chez le coiffeur. Je le vois quand j'achète un gâteau. Je l'ai vu, tout à l'heure, en faisant le marché en prévision du retour de Barbet, comme si on était une famille de sept personnes, alors qu'il ne reste que trois jours, comme d'habitude. J'ai pensé qu'avec tous mes cageots, j'aurais pu faire un détour et lui en laisser un. Mais qu'aurait-il fait de douze poireaux ? On peut encombrer les gens, même dans la rue.

Je me décide toujours trop tard pour le marché, si bien qu'il y a toujours des tas de propositions immanquables, des endives qui n'attendent que moi pour être décapitées. Chaque fois que je traverse la place de la Concorde, j'ai cette vision des têtes coupées pendant la Révolution.

Koko, la petite gorille qui parle la langue des signes, vient de mourir et même la presse française signale sa disparition. Elle est morte le lendemain du jour où Barbet a perdu sa mère. Il a reçu beaucoup de mots de condoléances. Pas pour sa mère Ursula, mais pour Koko qu'il avait filmée dans un documentaire. J'avais oublié que la petite gorille était une star, à l'époque où je n'avais plus envie ni d'être une star ni d'être une antistar. Une star si incontestable qu'elle avait compris qu'elle était filmée quand la petite lumière rouge de la caméra s'allumait. Elle savait comment la déclencher en passant, d'un coup de patte, et elle comprenait quand elle était hors champ. Marguerite Duras l'avait surnommée : « la Garbo des premiers âges ».

J'ai oublié que j'avais pris la décision de ne plus faire de cinéma, quand on est partis à Palo Alto rejoindre Koko, que Barbet avait choisie comme actrice principale pour un long-métrage de fiction qui n'a jamais abouti. Je venais de tourner une dizaine de films en deux ans, et je n'avais plus envie d'être vue partout. Au cinéma, on ne peut pas changer profondément sa personnalité, à moins de composer des rôles, comme je le fais maintenant, puisque je joue des vieilles dames. C'est comme ça, en toute liberté, sans avoir la pression de jouer, que j'ai fait la connaissance de la petite gorille. La jeune femme qui l'élevait oscillait, elle n'était pas certaine d'accepter que son adorée soit le personnage principal d'une histoire qui l'aurait montrée dans une cour d'école, avec les autres enfants, dans une salle de classe en train d'apprendre à lire, et où, après plein d'aventures, elle aurait rejoint sa famille au Zaïre. Ça aurait été le dernier plan du film, le retour de Koko parmi les siens après avoir grandi chez les humains. Elle craignait surtout la migration en forêt. C'est très fragile, un gorille. Elle avait peur qu'elle tombe malade. Jane Fonda avait donné son accord pour jouer le second rôle féminin, mais on a compris que Koko ne pourrait pas se libérer lorsque son éducatrice s'est renseignée sur le montant des cachets de Jack Nicholson. Elle ne voulait pas le même, mais davantage. « Car si Jack Nicholson fait défaut, vous pourrez toujours le remplacer. Koko, jamais. »

Pour les repérages de cette fiction, que Barbet a dû renoncer à tourner, on était partis avec un jeune producteur au Rwanda et au Zaïre rencontrer d'autres gorilles qui auraient adopté Koko. J'ai oublié pour quels motifs la primatologue zoologiste Dian Fossey s'est fait assassiner, mais pas qu'elle avait annoncé à Barbet qu'elle nous accueillerait à coups de fusil si on s'approchait de trop près de son camp. Je n'ai jamais compris pourquoi elle avait eu peur de notre trio. On a donc poursuivi le voyage au Zaïre, dans une autre réserve, et lié des relations avec d'autres gorilles sauvages. Koko se serait peut-être épanouie à leur contact le temps de quelques séquences. Au retour pour Paris, en passant la douane zaïroise, j'ai subi, comme toutes les autres voyageuses, une fouille au corps sans ménagement ni hygiène. On passait à la queue leu leu, j'étais la seule Blanche. Nous étions toutes soupçonnées d'être des contrebandières de diamants.

Koko a vécu très longtemps, finalement, grâce aux soins de son éducatrice qui avait peur qu'elle prenne froid. Barbet l'a filmée dans sa caravane, le même modèle qu'avaient loué Delphine Seyrig et Sami Frey à San Francisco. Je les revois, tous les deux dans leur *trailer*, et lui, qui avait emporté son vélo parisien, pédalant dans les déserts de l'Ouest américain et grimpant sans effort apparent les collines raides de la ville.

À San Francisco, j'observais, emballée, le combat des prostituées, le combat des lesbiennes, le combat des féministes, le combat des étudiants, le combat pour les droits civiques. Je n'avais rien vu à Paris en Mai 68, mais je ne perdais pas une miette de la révolution euphorique et pacifique sur la côte Ouest, qui laissait croire qu'une autre organisation économique et sociale était imminente – alors qu'aujourd'hui la Silicon Valley et son afflux gigantesque de dollars ont contaminé la région comme une immense marée noire, chassant tout le monde, même les étudiants et les chercheurs de Berkeley et Palo Alto.

Tout le cinéma auteuriste français se retrouvait, invité par le directeur de la cinémathèque de Berkeley, Tom Luddy, à présenter des films. Notre lieu de prédilection était un restaurant alors minuscule et inconnu, Chez Panisse, à l'avant-garde d'un bouleversement culinaire, fondé et tenu par Alice Waters, qui n'était pas encore la déesse mondiale de la *slow food* que même les Obama consultent quand il s'agit d'aménager un potager bio à la Maison-Blanche. Jamais je n'aurais cru être capable de m'enthousiasmer pour des courgettes, et j'avais oublié qu'Alice Waters avait réussi cet exploit. Me faire prendre conscience qu'au pays de la *junk food*, l'alimentation était un marqueur social et l'impossibilité de manger des fruits et légumes frais, un indice de discrimination aussi parlant que le taux d'incarcération des Noirs.

J'ai oublié pourquoi Jean-Pierre Léaud, star en Europe, sur le nom duquel des films étaient financés, s'était mis en tête de faire le service Chez Panisse. Il était affairé en cuisine, nerveux, souriant, avec des piles d'assiettes dans les mains et prenant les commandes, un crayon derrière l'oreille. C'est curieux, si je tenais un restaurant, je ne penserais pas immédiatement à engager Jean-Pierre en renfort. Bernadette Lafont aussi était venue présenter des films à la cinémathèque de Berkeley. Elle se faisait du souci pour moi. « Ma petite chérie, tu ne vas pas arrêter le cinéma, quand même ! » À l'instant où elle ouvrait la bouche, j'ai reçu un télégramme de Jean-Louis Barrault pour me proposer de jouer au théâtre *Des journées entières dans les arbres*. Tout s'enchaînait parfaitement, la superproduction hollywoodienne de Barbet s'était transformée en documentaire où Koko jouait son propre rôle. Et comme elle était filmée dans son biotope, sa maîtresse n'exigeait plus un cachet affolant pour sa prestation. Il me semble que *Koko le gorille qui parle* est un film précurseur, car c'est l'une des toutes premières œuvres qui posent la question des droits d'une personne douée de conscience quand elle n'est pas humaine.

J'ai oublié ce qui a fâché Marguerite quand elle s'est éclipsée, refusant de me revoir à jamais, alors qu'elle faisait entièrement partie de ma vie, on se comprenait à demi-mot. J'avais pour principe de ne jamais contrarier Marguerite et j'ai oublié pourquoi un jour j'ai bravé mon principe de la laisser dire, quoi qu'elle dise. Elle s'était lancée dans un délire de persécution, elle accusait un cinéaste qui avait été son assistant d'avoir le projet de lui voler un film. Je lui ai dit : « Marguerite, tu exagères. Benoît ne va pas te voler quoi que ce soit, c'est un cinéaste, il le restera toute sa vie. » Elle n'a pas supporté que je n'adhère pas à ses dires, elle a pris ma réflexion comme une trahison. Le lendemain, je suis venue à sa porte lui présenter mes excuses, je lui ai fait envoyer des fleurs. J'étais dévastée mais j'avais toujours l'idée qu'on se réconcilierait. Une rupture amicale, c'est un effondrement. J'ai oublié le vrai motif de cette brouille, il revient mais de manière vacillante comme une ampoule qui grésille, qui refuse de s'éteindre totalement, car il y a toujours un mystère quand quelqu'un qu'on voit tous les jours s'éloigne définitivement. Une rupture avec Marguerite, c'est un monde qui se ferme, des yeux qui manquent pour observer le quotidien qui se dévitalise, perd ses couleurs. Notre amitié s'était tissée sur le plus commun de la vie, il n'y a rien de plus passionnant que les choses sans intérêt. Marguerite se concentrait toujours intensément pour exprimer des choses tout à fait banales. On picolait ensemble, on riait, on parlait des garçons et de l'amour. On discutait de choses de filles, et c'était elle, le starter. Un jour, j'ai pris à Lyon un ange en autostop. Je l'ai appelée d'une cabine pour lui annoncer la nouvelle. L'ange est sorti de ma coccinelle, et elle m'a répondu qu'à la même heure, un ange avait également frappé à sa porte et qu'il était toujours là. C'était Yann Andréa.

La première fois que je l'ai vue seule à seule, elle cherchait une actrice pour un film, *Jaune le soleil*. Elle m'avait fait venir de Suisse où je tournais *La Salamandre*. J'ai ouvert la porte, et elle s'est exclamée : « Que vous êtes grande ! » Marguerite, c'est cela : des propos complètement incongrus, on m'avait toujours dit que j'étais si petite ! Je suis repartie bouleversée, j'avais réservé ma soirée pour elle, et deux minutes plus tard, j'étais dans la rue sans rien comprendre de son verdict. Elle a choisi une actrice plus grande que moi, je crois. Puis j'ai joué dans *Des journées entières dans les arbres*, qu'avait eu envie de monter Jean-Louis Barrault. À partir de là, on a fait connaissance, petit à petit, par monosyllabes, petites moqueries sur la mise en scène qu'on ne trouvait pas très juste, pas très affûtée. J'ai oublié ce qu'on faisait exactement sur le plateau, peut-être dansait-on, il est certain que je ne restais pas immobile subjuguée par Madeleine Renaud, et pourtant je la revois en gros plan, dévorant chaque soir une énorme choucroute, piquant de sa fourchette le chou, la saucisse, les montrant au public, concevant toute une chorégraphie entre la nourriture, les couverts et le féroce appétit de cette mère affamée, coiffée à table d'un chapeau noir à large bord

Yves Saint Laurent. Tous les soirs, Madeleine donnait le change, elle planquait les os, faisait très attention de ne rien mettre dans sa bouche afin d'être entièrement dédiée aux mots et de ne pas déranger son articulation, tandis que les spectateurs, mais aussi nous, les acteurs, tombions dans l'illusion, c'était un numéro de prestidigitation, la choucroute disparaissait de son assiette, alors qu'elle n'en avait pas pris un seul morceau. Peut-être que tout simplement, Madeleine, si menue, n'avait pas envie de manger une énorme choucroute chaque soir. J'étais fascinée car on m'avait tellement répété qu'il ne faut pas faire semblant. Et voilà que Madeleine par son grand art me désignait l'inverse. Puis Marguerite a écrit *L'Éden Cinéma*, qu'elle voulait que Claude Régy monte. Madeleine Renaud, qui jouait de nouveau la mère, était dans un cercueil. Elle répétait : « Oh Marguerite, c'est pas marrant d'être dans un cercueil. » Pour ces deux premières pièces, je n'avais pas peur du tout. J'étais dans l'innocence de ma reprise au théâtre, après plusieurs années de cinéma. En principe je jouais Marguerite jeune, j'étais son double adolescente, et les rôles principaux étaient tenus par Madeleine et Michael Lonsdale. Ensuite, il y a eu *Le Navire Night*, sans Madeleine, et avec Michael Lonsdale, toujours monté par Claude Régy qui a été plus douloureux, car Marguerite changeait son texte tout le temps, jusqu'à la dernière seconde. Nous, les acteurs, faisions des blancs énormes car on se mélangeait avec le texte de la veille qui n'était plus le bon. Claude demandait des blancs tout aussi gigantesques. Et Marguerite qui n'était pas d'accord avec ceux exigés par Régy en demandait à d'autres endroits. Blanc sur blanc sur blanc, cela faisait une suite de silences vains et inhabités liée à ce qu'on ne savait plus quoi dire, quoi faire, face à Marguerite et Claude qui se griffaient, on était comme des enfants tiraillés entre maman et papa. Je n'oublierai jamais, le jour de la première, Claude, à l'autre bout du théâtre de l'Athénée, hurler le texte derrière les spectateurs au moment même où les mots allaient franchir nos lèvres. On n'entendait que lui qui parlait beaucoup plus fort que nous, à l'opposé d'un souffleur, qui s'efforce de ne pas interrompre la représentation. Michael et moi étions désemparés, car on ne savait plus comment enchaîner derrière les hurlements de Claude. Et pendant ce temps, Marie France, qui avait des déplacements ponctués sur nos répliques non dites, ne savait plus comment bouger. Certains journalistes ont trouvé cela à l'avant-garde de l'avant-garde, d'autres, la plupart, affreux, ni fait ni à faire. Deux soirs plus tard, toujours pendant les générales de presse, Michael a perdu connaissance. On a dû appeler les pompiers. C'était très impressionnant de voir un géant comme Michael s'effondrer à mes pieds, sur scène. Il s'est évanoui à cause de l'inconnue totale qu'était cette pièce qu'on avait pourtant répétée pendant deux mois. Ce n'était pas le trac habituel qu'on éprouve avant de jouer ou de tourner. Et Marie France arrivait tous les jours très mal en point car elle n'avait pas terminé sa transformation – on ne disait pas transition à l'époque. Elle était encore brune. Ce qui est fantastique avec elle, c'est qu'elle ne change pas.

Marguerite disait toujours que je ne lisais pas. Parce que je n'avais pas forcément lu ce dont elle me parlait. Elle disait que ce qu'elle écrivait était génial et du coup je n'arrivais pas à la lire. Son immodestie me faisait peur. Claude Régy, lui, disait que je ne savais pas lire. Parce que j'avais refusé de participer à la création en France de *La Chevauchée sur le lac de Constance* d'un jeune auteur autrichien alors inconnu en France, Peter Handke, en lui avouant que je n'y comprenais rien. Entre eux deux, j'étais bien entourée ! Je n'ai eu aucun regret de ne pas avoir chevauché sur ce lac parmi Jeanne Moreau, Gérard Depardieu, Sami Frey, Michael Lonsdale et Delphine Seyrig, car, grâce à mon refus, j'ai pu être spectatrice chaque soir de ce spectacle free jazz, si énigmatique que je ne pouvais pas m'empêcher d'y retourner. Jeanne Moreau jouait le rôle qui m'avait été proposé, et tous les soirs je comprenais que les mots n'étaient qu'un des éléments de cette pièce à éprouver où les personnages sont sans nom ni qualité et où ce qui ne se dit pas est beaucoup plus important que ce qui se dit. À partir de là, comprendre ou ne pas comprendre n'a plus jamais été la question au théâtre pour moi.

Claude me disait : « Tu flottes, Bulle ? » Alors je me mettais à flotter. Je marchais en apesanteur. Il me disait : « Ça va, ta flottaison ? » Alors je regardais autour de moi ma flottaison. Il aimait que je mette de l'air entre les mots et que je les fasse voltiger dans le vide, c'était encore une époque où les spectacles qu'il concevait n'étaient pas tendus vers une presque abstraction. Je n'oublierai jamais la chance qu'il m'a donnée de rencontrer Lotte Kotte, dans *Grand et Petit* de Botho Strauss, en 1982. Je note la date car j'étais encore dans une certaine insouciance, uniquement tenue par l'exigence d'être au mieux lorsqu'on m'offrait un rôle. Je ne pense pas souvent à Lotte Kotte car on se déleste des personnages une fois que le spectacle ne tourne plus, il n'y a pas de traces apparentes de ce qui a exigé tant d'efforts, de nuits sans sommeil, d'exaltation, de doutes, de recherches, de démolition, de mise en relation entre strates, pensées, images convoquées, couleurs. Alors qu'un peintre peut regarder un tableau qu'il a peint même s'il le déteste, un cinéaste son film même s'il le juge raté ou qu'il revisite son œuvre pour la recycler et la retransformer, comme le faisait Agnès Varda, ou un écrivain ses récits même lorsqu'ils sont pilonnés. Et pourtant, je reste avec Lotte en pointillé. Il suffit qu'on dise Lotte Kotte pour qu'elle revienne se carapater en moi. Je sortais en Lotte comme on sort de chez soi en oubliant ses clefs ou son manteau. Ça m'arrivait tout le temps d'avoir cette distraction de continuer d'être en Lotte après les cinq heures de représentation, alors que je n'avais plus la distance avec les spectateurs, le cadre de la scène, la protection du texte. J'étais dans la folie de cette femme qui parle sans jamais rencontrer personne et provoque des catastrophes avec les meilleures intentions du monde. En neuf étapes qui sont autant de soliloques jusqu'à l'hôpital psychiatrique, j'ai le sentiment d'avoir tout à fait compris Lotte par sa solitude et sa manière d'avaler toute la pharmacopée. C'est curieux, car le rôle n'est pas épanouissant, mais je crois qu'elle me rendait très jolie. Ça dure deux heures, ce sentiment d'être belle après une représentation. On se sent magnifique quand chaque soir on réchappe à la mort car on est certain que le cœur ne va pas tenir. Et la mémoire non plus. Avec elle, j'étais en apnée. D'ailleurs, je ne mangeais presque plus. Uniquement des huîtres. Ou des brochettes de lotte que j'avalais après le spectacle dans un petit restaurant d'une rue étroite près du Théâtre national populaire de Villeurbanne où la pièce a été créée.

Un soir, j'étais si abasourdie par un long monologue que j'ai oublié de sortir de scène. Je suis restée immobile à écouter la résonance des mots tandis que l'énorme immeuble en glace noir d'une tonne cinq, que le scénographe Roberto Plate avait fait construire à Saint-Gobain et qui coûtait une blinde, entamait sa descente des cintres. J'étais là, il coulait sur moi, et je restais dans ce que venait de dire Lotte. Je n'ai pas vu l'accessoiriste sortir de la coulisse, foncer sur moi à toute allure, m'attraper et m'emporter. Il avait un béguin pour moi et il était resté me regarder. S'il n'avait pas été vigilant ou un peu amoureux, le magnifique décor, cet immeuble où Lotte ne parvient jamais à entrer et où elle converse en vain dans les interphones, me serait tombé sur la tête. J'aurais été aplatie. À Villeurbanne, c'était spartiate. J'habitais au-dessus d'une pompe à essence et en face d'une école où les enfants hurlaient, dans une chambre pas du tout confort, dont je pouvais quasiment enjamber la fenêtre pour entrer dans le théâtre. On n'arrivait pas à trouver un manteau pour Lotte. Finalement mon amie Caroline Champetier m'a donné l'imper qu'elle portait. Il a fait l'affaire. Quand on est actrice, l'habit fait parfois le moine.

J'ai oublié en quelle année je suis allée au festival de Cannes sous l'identité de Mme Schmid. Car Daniel Schmid, qui présidait le jury de la Caméra d'or, n'avait pas envie d'être seul dans sa chambre. Il voulait être avec Mme Schmid pour ne pas être tenté de se promener la nuit là où les starlettes ne vont pas. Je ne pouvais pas le laisser tomber car Mme Schmid était la raison même. On avait une chambre avec deux lits jumeaux. Gilles Jacob m'avait croisée, étonné et un peu gêné de ne m'avoir conviée à aucune soirée protocolaire : « Je ne savais pas que vous étiez là, Bulle. » « Chut ! Je suis Mme Schmid. » Mais sans accréditation. Quand elle était seule, Mme Schmid avait beaucoup de mal à se glisser dans la foule et les files d'attente pour voir des films. Elle n'avait aucun badge, et elle avait beau dire qu'elle était Mme Schmid, l'importante Mme Schmid, la nécessaire Mme Schmid, ça ne servait à rien. Elle était dépendante de son mari, M. Schmid, lequel partait aux aurores débusquer des premiers films. Mais pas avant d'avoir mené une guerre homérique à propos d'œufs à la coque, dont le blanc n'était jamais suffisamment moelleux ou toujours un peu trop translucide, et le jaune toujours un peu déjà dur ou froid. Il voulait des œufs idéaux, tels qu'ils étaient bouillis quand il était enfant, dans le palace de ses parents, où le service était impeccable. Au bout du sixième ballet et renvoi des œufs dans les étages du Carlton, M. Schmid abdiquait. Le Carlton n'était pas l'hôtel de ses parents. Aucun palace au monde n'aurait pu rivaliser avec l'hôtel de son enfance dans la Haute-Engadine. Malgré Mme Schmid qui veillait avec toute sa vaillance. C'était un merveilleux emploi.

J'ai oublié si c'était en hommage à Mme Schmid qu'une poignée d'années plus tard Daniel a improvisé *Notre-Dame-de-la-Croisette* à la place d'un reportage rasoir qu'il aurait réalisé pour la télévision suisse en interviewant le gratin du gratin durant le festival. Improvisé, j'en suis certaine. Je revois encore Daniel me disant : « On est tous les deux sur place, profitons-en et, par chance, Renato Berta est là lui aussi. Il est d'accord pour faire l'image. » Les trois font la paire. Dans mon souvenir, l'idée du film, la proposition et le tournage ont été simultanés. C'est le rêve de tout acteur et de tout cinéaste qu'il y ait le moins de délai possible entre l'idée d'un film et sa réalisation. Mais Renato, qui est peut-être le seul au monde à disposer d'un DVD de ce petit bolide chahuteur que personne n'a vu et encore moins revu, a contredit ma mémoire. Selon lui et en toute logique, l'occupation de ma chambre au Carlton par une petite équipe de cinéma était préméditée. Je joue le rôle d'une femme qu'on appelait « mademoiselle Betty », une cinéphile qui aimerait participer au festival mais qui n'y parvient jamais. Elle essaie de voir des films, d'entrer dans le vieux palais, mais se fait tout le temps refouler. Quand Mlle Betty obtient enfin un carton jaune, on exige d'elle le rouge, mais pour avoir le rouge, il lui faut déjà se procurer le vert. Si bien qu'à force de barrages, Mlle Betty décide de rester recluse dans sa chambre et de regarder tout le festival de son poste de télévision. Un soir, elle tente de se rendre à la seule projection qui n'intéresse personne, et il n'y avait effectivement, ce soir-là, que trois spectateurs dans la salle, en plus de Pascale et de Benjamin Baltimore qui faisaient un peu de figuration, me semble-t-il. Et brusquement, Daniel tomba à la renverse. Parmi les trois spectateurs, il y avait la fille de son Dieu. Kira Nijinski, la fille de Nijinski, une femme de cent trente kilos. Le hasard a du génie. Tout d'un coup, Kira est devenue la star du film. Mlle Betty, dépitée, n'avait plus qu'à retourner dans sa chambre se faire couler un bain qui évidemment a débordé. On était concentrés sur la préparation d'un plan, on avait oublié l'eau, et Daniel l'a filmée qui s'infiltre sous la porte et monte à toute vitesse sur la moquette épaisse et sous mes yeux horrifiés.

Mlle Betty ouvrait une porte d'armoire, et elle tombait sur le vrai Jack Nicholson plus affolant que dans *Shining*. Elle entrait dans sa salle de bains et Jessica Lange lui faisait une grimace. Mlle Betty avait bien de la chance. C'est l'avantage d'habiter le Carlton. Des figurants inattendus se laissent convaincre.

J'ai oublié à quelle occasion Fassbinder, Daniel Schmid, Ingrid Caven, Barbet et moi, nous étions réunis pendant le festival de Cannes, quand un jeune homme embarrassé, avec des cheveux blonds un peu longs, a pris le risque de s'attabler avec nous. Il souhaitait proposer à Ingrid d'être la vedette de son prochain film. Il serait question de requin, devinait-on dans le brouhaha. On riait très fort, on devait être un peu désagréables, inattentifs comme le sont les gens qui se connaissent par cœur et ne savent plus être accueillants. Le jeune homme mal à l'aise s'est éclipsé. On a continué à se moquer d'Ingrid : « Alors maintenant, tu vas jouer avec un poisson ? » C'est bien après qu'on a saisi que Steven Spielberg avait offert à Ingrid Caven le rôle principal des *Dents de la mer*, le premier blockbuster américain.

Avec Marguerite, on a beaucoup dansé. On dansait avec Yann, au Il Barone, et on continuait de danser quand le restaurant était fermé. Elle poussait les tables et elle demandait qu'on mette d'anciennes chansons siciliennes. Je ne sais pas comment elle s'y prenait pour tout faire, coudre ses vêtements, cuisiner, s'occuper du jardin à Neauphle, faire les courses, s'informer, écrire. Et danser. Elle avait besoin de sortir après des journées entières d'écriture. J'ai la mémoire un peu flottante qui me revient par petits flashs. Je me souviens du grenier à Neauphle pendant le tournage du *Navire Night*, où l'on dormait tous sur des matelas, sauf Dominique Sanda qui avait sa propre maison, et qui un soir m'avait demandé de lui prêter un long tee-shirt, un foulard, un peu d'*Heure bleue*, pour rester dormir dignement. Le détail du foulard s'est imprimé comme une énigme. Pourquoi avait-elle besoin d'un foulard pour dormir ? Je revois Marguerite appelant la comptabilité de *Libération* pour se faire payer ses piges, elle ne voulait pas se faire escroquer d'un demi-feuillet, 15 francs de l'époque peut-être. Vers les dernières années de sa vie, quand elle se fâchait avec Yann pendant plusieurs semaines et qu'elle ne pouvait plus conduire, elle demandait à Barbet et à moi de l'emmener en voiture faire des tours. Elle disait :

« Je veux absolument aller voir l'ancienne bibliothèque de Vitry-sur-Seine, telle rue, ou telle porte de tel bâtiment à Suresnes. » Et on y allait. Elle était émerveillée. On regardait la porte. On ne voyait rien qu'une porte, mais on était émerveillés qu'elle soit émerveillée.

Marguerite m'a appris à poser les mots. C'est-à-dire à ne pas les déverser les uns à la suite des autres. Elle m'a appris à les entendre et les faire entendre de manière qu'ils portent des rêves. Grâce à elle, j'ai élargi mon jeu d'actrice, j'ai compris l'émission du son. Parfois il me suffisait de faire une très légère imitation. Elle ne dirigeait pas du tout les déplacements. Elle lançait : « Va un peu par là. » Elle avait des lubies à mon égard que je ne comprenais pas du tout. Elle disait : « Bulle a des bras, c'est merveilleux, ses bras ! Fais quelque chose avec tes bras ! » Ou encore, que j'étais sauvage, que je venais de la savane et Madeleine de la forêt. Elle a été très présente après la mort de Pascale. Il y a eu l'hypothèse qu'elle écrirait un livre afin qu'elle ne disparaisse pas totalement, qu'une trace demeure au-delà des films et de l'infini de ce qu'elle n'a pas eu le temps de faire. J'ai oublié si j'avais osé lui souffler cette idée, ou si je l'ai rêvée en guise de baume.

Surgit à l'instant l'image de Yann assis sur la longue table du salon pour mieux enregistrer Rohmer qui évoquait Pascale devant Marguerite emprisonnée dans ses obsessions. Elle voyait le Mékong. Elle répétait qu'elle voyait le Mékong tandis que Rohmer était parti dans une évocation de Pascale et ne l'entendait pas voir le Mékong. Et juste à ce moment-là, quelqu'un qui ne s'invitait jamais à l'improviste a sonné. C'était Rivette accompagné de la photographe Martine Franck qui avait besoin de ma chambre pour faire son portrait devant le miroir où se reflète la tour Eiffel en pied. J'étais chamboulée par ce carambolage d'univers étanches où chacun était capturé par ses idées fixes.

Avec des amies, on avait un projet : kidnapper Marguerite, qui, trois ans et demi avant sa mort, était recluse, ne voyant plus personne à part Yann et son fils Outa qui seul avait l'autorisation de venir chez elle, rue Saint-Benoît. On avait prévu d'appeler un serrurier, on lui aurait raconté que Marguerite Duras était enfermée, qu'elle avait perdu la clef, et que pour la libérer il fallait enfoncer la porte. On serait entrées pendant que Yann Andréa serait sorti faire les courses ou voir le médecin. Et on l'aurait embrassée. Dominique Issermann, Caroline Champetier et moi, on y a sérieusement songé. Sans être complice, Outa n'était pas opposé à notre machination. On pensait qu'elle serait peut-être contente de voir des amies. Puis on s'est dit : « Qui s'occupe de Marguerite ? Qui l'aide à faire sa toilette ? Qui la soigne ou lui tient la main la nuit ? Pas nous. De quel droit franchirions-nous une porte interdite par Yann ? » Je ne l'ai jamais revue.

Toute ma vie, je me suis arrangée pour avoir le moins de conflits possible, j'ai esquivé, je ne me fâche pas, je ne me suis jamais disputée ni avec ma mère, ni avec Barbet, ni avec aucun de mes amours, ni avec ma fille Pascale. Peut-être que j'aurais dû. Peut-être qu'il aurait fallu que je lui dise : « Ne mets pas ces chaussettes, mets ce collant. » Ou : « Reste à la maison ce soir. » C'est complètement idiot de ma part de refuser le conflit. Avec Pascale, on se voyait tout le temps, mais que pour les choses agréables. Lui acheter une Mobylette, un vêtement, aller au cinéma, échanger des livres, rire, aller au café ou dîner chez des amis. Je ne connaissais rien de sa vie privée, je pensais qu'il ne fallait pas que je m'en mêle. Je n'ai jamais pu être directive à l'égard des gens que j'aime. Soucieuse, oui, ça, je peux l'être. Puis, quand Pascale a été très occupée par ses projets, durant les deux dernières années de sa vie, j'ai eu le sentiment de la perdre de vue. « Tu m'excuses, je n'ai pas le temps. » J'ai cette phrase qui tambourine. J'ai oublié si Pascale ne me l'a lancée qu'une seule fois, mais elle compte pour mille parce que je me la répète en boucle. Une phrase tout à fait banale, envoyée à sa mère qui s'inquiète.

Quelques années avant sa disparition, j'ai eu un pressentiment très fort. Elle était au théâtre pour la première fois, elle jouait *La Petite Catherine de Heilbronn* que montait Éric Rohmer à Nanterre. Et je sanglotais. Je la voyais dans un ailleurs, en particulier dans une scène où elle est à genoux et une autre où elle se volatilise. Elle partait. Je ne pouvais pas m'arrêter de pleurer. Tous les soirs, je m'asseyais dans la salle, une heure avant la fin du spectacle, pour venir chercher Pascale dans ma Coccinelle, je craignais qu'elle se fatigue.

J'ai été surprise d'entendre Rosette, l'actrice et amie si attentionnée d'Éric Rohmer qui jouait dans *La Petite Catherine* avec Pascale, expliquer lors d'une présentation à la Cinémathèque française du beau livre paru sur Pascale, qu'un film avait été tourné chez moi, en VHS, par Éric Rohmer pour la mise en scène de *La Petite Catherine*. Mêler théâtre et vidéo était peu courant à la fin des années soixante-dix. Mais surtout, je n'ai aucun souvenir d'avoir prêté mon appartement. Ce n'était pas le genre d'Éric Rohmer d'organiser des tournages secrets chez moi pendant que j'étais en voyage – alors qu'il est arrivé que les amis qui vivaient chez moi descendent dans son bureau, au quatrième étage, la nuit, pour emprunter une lampe, une chaise, des couverts, ce dont ils avaient besoin, et que le matin, Rohmer s'étonne des disparitions. Mais Rosette est formelle. J'ai oublié ce tournage mais pas les larmes de la petite Catherine de Heilbronn.

Sans lunettes, sur scène, je ne vois rien, et surtout pas les spectateurs. Ces vingt dernières années, les lumières des spectacles dans lesquels j'ai joué séparaient les acteurs du public. À moins de le regarder vraiment comme le faisait Madeleine Renaud. Elle comptait les gens. Pourtant elle avait des rôles très difficiles. Pendant *Savannah Bay*, elle me disait : « Il y a 497 personnes ce soir, ma petite chérie. » Elle me donnait le détail tout de suite en sortant de scène, avant de retourner sur le plateau saluer. Elle se renseignait avant la représentation sur la quantité de billets vendus. Puis elle vérifiait le nombre à un fauteuil près. C'est très étrange car elle aurait pu se contenter des informations de la billetterie, mais il y a toujours des absents ou des gens qui viennent alors qu'ils ne sont pas prévus. Madeleine avait l'art des rappels. Elle savait comment les faire venir. Le plus souvent, après trois ou quatre saluts, les acteurs estiment que les gens sont fatigués, qu'ils ont envie de rentrer chez eux. Tandis que Madeleine retournait à toute vitesse saluer. Elle disait : « On a eu sept rappels, huit rappels. » Ou : « Aujourd'hui, on a très mal joué, on n'a eu que six minutes d'applaudissements. » En ce moment, j'adopte la méthode de Madeleine Renaud, parce que ça m'amuse, parce que je pense à elle. Tout le monde est estomaqué. « Pourquoi tu cours après les rappels, Bulle ? » « Vous ne connaissez pas la technique de Madeleine. Si on part au fond du théâtre, on ne peut plus revenir. » Madeleine prenait tellement tout à cœur. Le théâtre était l'entièreté de sa vie. C'est Marguerite qui disait toujours que Madeleine ne savait rien faire d'autre que jouer. Rien de rien. Pas même se coiffer. Elle ne savait même pas se faire cuire un œuf. Moi je ne sais pas faire grand-chose, mais je sais me faire cuire un œuf. Heureusement qu'elle avait Jean-Louis. Il était son répétiteur, son assistant. Il lui a apporté tous ses auteurs, Beckett, Genet, Nathalie Sarraute, Duras. Tout le monde a toujours tapé sur Jean-Louis et, aujourd'hui, j'essaie de rétablir une vérité, car il s'est dévoué corps et âme à sa femme. Il a laissé tomber ce qu'il aimait le plus au monde – jouer – pour, dès 10 heures du matin, la faire répéter. Puis ils allaient déjeuner au théâtre. Puis, de nouveau, il y avait la répétition. En fin de journée, il prenait beaucoup de vin blanc pour faire passer l'ennui. Et elle, elle n'était que dans son travail de comédienne, qui excluait tout autre centre d'intérêt ou d'attention.

Barbet me dit toujours : « Arrête de dire non ! Dis oui. » Mais pour ce téléfilm que j'ai tourné la semaine dernière, il m'a demandé, pour la première fois depuis qu'on vit ensemble, de ne pas m'imposer ce personnage. Et je n'ai pas dit : « Non. » J'ai dit : « Oui. » Oui à un rôle qui m'a d'abord beaucoup rebutée car je dois aller voir ma fille à l'Institut médico-légal reconnaître son corps, ce que j'ai fait dans la vie. Je joue une femme dont les grands-parents sont lorrains, et je me suis soudainement souvenue que ma grand-mère maternelle était lorraine et qu'elle s'appelait Velter. Je l'avais complètement oublié. Dans ce téléfilm, je joue donc une femme qui n'a pas connu son père, dont la fille est morte, et qui vit en Lorraine pendant la guerre, d'où vient ma famille. Il y avait tellement de coïncidences avec l'histoire de ma famille dans ce scénario que le lire a été un éblouissement. Je n'ai pas pu m'empêcher d'accepter cette proposition, pourtant très désagréable, même si tout le monde est adorable sur le tournage. Je suis choyée. On me traite comme une personne du cinquième âge, on me prend le bras, on m'amène sur le plateau au dernier moment pour que je ne me fatigue pas, si bien que je n'ai aucune idée de comment je dois jouer, car je n'ai rien vu de l'ambiance, je ne connais pas la couleur du film. On porte ma valise, on prend le train avec moi de peur que je rate le changement. Ce film parle de choses auxquelles je ne pense jamais mais qui font partie de mon histoire. Je ne pense jamais à l'Institut médico-légal, ni à ma grand-mère que je n'ai pas connue. Dans ce film, mon personnage dit que ses grands-parents ont refusé de changer leur nom français en nom allemand. Du coup, je me suis demandé si ma grand-mère s'appelait vraiment Velter. Il n'y a plus personne pour me répondre, aujourd'hui. Tout cela m'a un peu troublée.

J'ai passé de longues vacances avec ma mère en Auvergne à la fin de sa vie, dans sa maison qui appartenait à la famille depuis 1837, parce que j'avais envie d'être avec elle, et qu'elle me parle d'elle, mais aussi peut-être de moi. Mais je ne lui ai posé aucune question. Ma mère ne pouvait pas deviner que j'aurais aimé en savoir un peu plus sur qui je suis, sans l'interroger. Je suis restée ambiguë. En tout cas, je n'ai pas été radicale. Je partirai dans ce flou.

Il y a une mouche chez moi depuis deux jours. J'ai décidé de ne pas la tuer, ça fait une présence vivante, et le soir elle me suit partout. Je passe les deux derniers jours de l'année 2018 avec elle, ce sont deux jours importants, malgré tout. Je ne sais pas si je peux lui souhaiter la bonne année, si elle sera encore vivante en 2019. Je la regarde piquer en direction du plancher pour remonter brusquement, je ne comprends rien à la logique de ses déplacements, et je me suis prise d'affection pour elle. Il n'y a pas eu de troisième jour. Elle est partie à l'aventure quand je regardais sur le balcon des Gilets jaunes et d'autres beaucoup moins jaunes et masqués qui remontaient l'avenue Alma-Marceau. Je me demande où est passée la mouche, la foule est si dense sur les Champs ce soir de réveillon, qu'il n'y a pas un millimètre de vide. Je souhaite pour 2019 que l'Europe ne disparaisse pas et dormir sans adjuvant.

J'ai oublié comment je voyais les animaux quand j'étais enfant, à part ce cheval qui me scalpait la tête durant mes cauchemars. Aujourd'hui, même un chat, je ne saurais pas m'en occuper, malgré l'indépendance supposée des félins. Deux jours entiers sans sortir de chez soi avec une mouche, ça crée un lien, et stimule mon attention à l'égard des bêtes de la ville. Je marche rue de l'Estrapade, un pigeon me précède, on traverse ensemble le passage piéton. Je pense que c'est une dame. Elle s'arrête en même temps que moi, quand je m'arrête au milieu de la rue pour envoyer un texto. Des enfants sortent d'une voiture, en compagnie d'un chat dans une cage. Elle semble subjuguée, mais je ne sais pas si les pigeons sont doués de la capacité d'admirer. J'ai eu peu d'histoires animalières, et peut-être que ce pigeon, comme dans *Amour*, le film de Michael Haneke avec Jean-Louis Trintignant et Emmanuelle Riva, est un signe. Il me salue, il s'envole.

J'ai oublié la plupart des caractéristiques de Delphine Souriceau, mon rôle d'écologiste convaincue entourée de moutons dans *Merveilles à Montfermeil*, le premier film de Jeanne Balibar, et je ne sais plus ce que je fais dans cette grotte aux aurores dans la forêt de Bondy, si proche et si loin de Paris, c'était la fin du tournage, et après des nuits à tourner, toute l'équipe rampait de fatigue. Jeanne a été enlevée à Montfermeil, prise en otage. Quelques heures plus tard, l'incident était clos, le tournage a repris, et personne n'en a rien su, elle n'a rien laissé paraître de son émotion. Elle m'a appelée ce matin pour me dire que les scènes avec Delphine Souriceau marchent très bien et j'ai été étonnée du plaisir que cela m'a procuré, alors que le cinéma est fini pour moi. Elle peut très bien choisir de couper cette séquence si difficile à tourner. Personne ne sait jamais ce qui va rester d'un film. Même le cinéaste l'ignore.

Je n'ai plus tellement envie de passer sur un écran, maintenant. C'est derrière moi. Je n'ai pas une tête qui m'intéresse quand je la vois. Je la déteste. Elle me donne envie de fuir. Je date d'une époque où l'on était assez dilettante sur son image. Les gens avec lesquels j'ai travaillé comprenaient très bien qu'on ne soit pas à cheval sur un mauvais profil. On était tout juste contents de faire au mieux ce qu'on avait à faire. Être au service du metteur en scène et non de soi-même était la seule ambition.

Je n'étais pas la seule à être ainsi. Jane Fonda n'étudiait pas ses profils quand elle était militante. J'allais à son cours d'aérobic à Los Angeles quand elle a lâché tout ce qu'elle faisait si bien comme actrice pour enseigner la gym. C'était très dur. Il fallait suivre. J'ai très vite été découragée. Il fallait être aussi forte que Madonna. Pendant des années, Jane n'a fait que ça, donner des cours de gym et les enregistrer sur des cassettes VHS qu'elle vendait par paquets. Puis un jour son manager a dit : « La petite a été enlevée par Ted Turner. » Fini la gym. J'ai dû m'organiser autrement. Trouver un autre cours. J'ai quitté Los Angeles.

Le temps ne passe pas à Hollywood. Beaucoup de producteurs et de cinéastes français risquent leur santé mentale dans ce sablier empêché. On espère que quelque chose va avoir lieu, que la party du soir va être décisive, mais il y en a une autre le lendemain, avec des rencontres tout aussi déterminantes, donc il faut rester un jour de plus dans l'espoir d'un frémissement qui n'arrive jamais. Le bleu du ciel, la lumière coupante, les palmiers et le bruit de guêpes des hélicoptères qui surveillent les gangs et les pauvres en tournant sur eux-mêmes : tout est à l'identique, la permanence rend malade, il n'y a aucun moyen de différencier les jours. Faute de saisons, on peut passer dix ans sans rien faire et quand on s'en aperçoit, il est trop tard, on est ruinés. Encore aujourd'hui, beaucoup de gens se font piéger. Ils arrivent avec leur petite notoriété et ils repartent en loques, *incognito*. Pour moi, c'était des vacances où je rejoignais Barbet par intermittence, je n'avais aucun rêve hollywoodien. Cinq fois par an, je m'éclipsais des réseaux parisiens pour m'engloutir dans les supermarkets et les freeways de Los Angeles. Barbet a mis sept ans à réunir le financement de *Barfly* sur un scénario de Charles Bukowski et il est resté deux décennies à Hollywood, il a eu le temps de changer souvent de logement, l'Amérique encourage le nomadisme. J'ai oublié l'ordre des déménagements, mais pas la petite bicoque que nous prêtait Bukowski à Redondo Beach, ni la très belle maison pas chère du tout qui donnait sur la plage de Venice avec un puits de pétrole à l'arrière, foré par un oiseau métallique au long bec. Cet oiseau m'intriguait. J'aimais bien m'installer sur une chaise longue sous l'unique arbre du petit terrain pour le contempler dans sa tâche. Mais il y avait plus passionnément monotone encore, à quelques mètres de la maison, sur la plage, une fois dépassés le sosie de Bob Dylan, celui de John Lennon, celui de Jimmy Hendrix – qui est toujours là, au même endroit –, les chercheurs de pièces munis de détecteurs de métaux, les Latinos solitaires, les chamanes en action, les évangélistes, et le ressac des désœuvrés rejetés par le rêve américain : un groupe de culturistes parqués dans un pauvre grillage sur le sable. Trente biceps, mollets, cuisses, pectoraux surdimensionnés, au bord de l'explosion, dans leur bac à sable. Je faisais un stop devant leurs exploits irrésistiblement répétitifs avant d'admirer les surfeurs, tout de même plus gracieux. J'ai oublié par quel hasard Agnès Varda était elle aussi attirée par leurs prouesses absurdes, on se retrouvait devant le grillage sans jamais se fixer rendez-vous, deux étrangères à Hollywood devant des paquets de muscles. Tandis que Jacques Demy dansait en patins à roulettes sur la promenade avec leur fils Mathieu, 6 ans peut-être. Sur la plage de Venice, Jacques et Agnès avaient leur maison à cinq cents mètres de la nôtre, donc on avait une relation de plage, on se visitait sur le sable. Je ne sais pas si Agnès a filmé les culturistes dans *Documenteur*, son film déchirant de solitude, s'ils font partie des chutes non montées. C'est trop tard, maintenant, pour le lui demander. Agnès est partie avant que Notre-Dame de Paris flambe. Parmi mes amis proches et lointains qui disparaissent continûment, j'apprends des nouveaux morts chaque semaine, Barbet et moi sommes les premiers sur la liste pour le prochain départ, l'incendie de Notre-Dame est une coupure, il y a ceux qui ont vu l'inenvisageable avant qu'il ait lieu, et les autres. À l'intérieur du grillage, on avait repéré Arnold dont Agnès commentait les progrès avec drôlerie puisqu'elle commentait tout drôlement. Quand il est devenu la plus grosse star de Hollywood puis gouverneur de l'État de Californie, j'ai cru à une blague. Notre Arnold ? J'ai oublié de quoi on discutait Agnès et moi, il est possible que je me taisais, prise par son énergie volubile, trop absorbée par le spectacle gratuit, idiot, et extraordinaire d'Arnold Schwarzenegger se fabriquant encore et toujours un corps aux formes extravagantes et mousseuses.

J'avais oublié qu'elle m'avait proposé d'être le personnage féminin du *Bonheur*, quand j'étais une toute jeune actrice inconnue, qui n'avait jamais fait de cinéma. Alors qu'elle était une cinéaste admirée, qui avait déjà tourné *Cléo de 5 à 7* et quantité de films, j'ai décliné ce rôle de femme mariée et mère dans une famille idéale dont le suicide est une énigme. J'ai oublié pourquoi. Probablement que je ne m'y retrouvais pas et qu'elle n'a pas insisté. Agnès et moi n'en avons jamais parlé car pour cela il aurait fallu que je me souvienne de mon refus.

Forcément, on allait beaucoup chez Bukowski durant toutes ces années où Barbet essayait de tourner *Barfly*, quitte à se couper un doigt dans le bureau d'un producteur ou de m'installer sur une chaise à côté d'un studio avec une pancarte : « Je fais la grève de la faim. » Mais Barbet sort de sa grotte un instant pour me dire que c'est un faux souvenir, qu'il ne m'a jamais demandé de rester sur un pliant toute une journée avec une telle pancarte, un chapeau de paille et des lunettes noires, à l'ombre des studios. Que c'est lui qui s'est chargé de cette besogne pendant que des chaînes le filmaient. J'avais oublié. On roulait souvent jusqu'au port de Los Angeles, à San Pedro où Bukowski habitait, je me laissais bercer par la splendeur du paysage, et je me souviens d'avoir pensé que les conteneurs bleus, rouges, jaunes qui défilaient sur des miles et des miles le long du freeway étaient un décor idéal de *Pierrot le Fou* en Amérique, tandis que Jean-Luc Godard faisait le trajet avec nous. Il avait eu envie de rencontrer « le vieux sage », comme l'appelait Pascale – pour ma fille, Bukowski était un vieux sage. Finalement, Jean-Luc et « le vieux sage » n'ont rien eu à se dire. Peut-être étaient-ils trop bien élevés pour se parler ?

Puis, la belle maison au puits de pétrole a été rasée parce que les propriétaires voulaient construire la même en plus belle, l'immobilier, c'est comme la chirurgie esthétique, on entre chez un médecin pour un bouton, il veut nous faire la surprise d'améliorer ce qui n'est déjà pas si mal et on se réveille avec une oreille à la place du nez. Les bulldozers s'approchaient de notre lit. Et c'est ainsi que les canapés blancs et les fauteuils de bateau du salon ont débarqué à Paris avenue Pierre-Ier-de-Serbie, tandis qu'on était à la rue à Los Angeles. Barbet avait un plan qui conciliait sa passion d'explorateur et la nécessité de dormir quelque part : deux appartements réunis pour trois fois rien avec deux cuisines, dans le ghetto de Venice, à la frontière des quartiers chics de Santa Monica. C'était une zone de guerre sur dix blocs à peine, au bas desquels courait une ancienne voie de chemin de fer qui marquait la frontière entre le ghetto noir et mexicain et les Blancs de Venice Beach, à un jet de chewing-gum des maisons de stars. Une zone de guerre censée être pacifiée incessamment et où la police ne pénétrait pas, mais au-dessus de laquelle les hélicoptères tournoyaient en nous éclairant, on n'avait pas besoin de lampadaires. On habitait dans une unité de cinq, six maisons autour d'un grand terrain. L'une d'entre elles était occupée par des M-S13, un gang salvadorien de tueurs – il faut avoir tué quelqu'un pour y adhérer – que poursuivent encore Trump et sa clique – les autres par des familles noires extrêmement pauvres. Ce qui est certain, c'est qu'on était les seuls de notre milieu à vivre dans le ghetto où des mystérieux sacs à main remplis de je ne sais quoi étaient balancés sans cesse par-dessus le mur pour atterrir dans le grand terrain, je n'ai jamais su ce qu'ils contenaient. Il était incompréhensible pour nos connaissances de Hollywood que l'on puisse vivre dans cette zone. Mais il y avait plus incongru encore : Barbet et mon cousin Steve avaient entrepris de concevoir un jardin à la française sur le modèle de ceux du château de Villandry au bord de la Loire. J'ai oublié les stages de jardinage pris avec les jardiniers du parc du château de Villandry, mais pas que j'expédiais de Paris des graines de haricots verts extra-fins que j'achetais chez Vilmorin et qu'ils poussaient formidablement bien sous le soleil permanent de Los Angeles. Il y en avait suffisamment pour nourrir les quatre immeubles, on passait notre vie à les cueillir, ou à dire qu'on allait les cueillir. Puis mon cousin Steve a bâti un poulailler six étoiles, il avait un talent de bâtisseur de poulailler, c'est ce qu'écrit Bukowski dans *Hollywood*, son livre qui raconte la genèse de *Barfly*, et Steve a installé des poules pondeuses ultra pondeuses et un coq qui chantait tout le temps et exaspérait le voisinage qui avait déjà des raisons d'être nerveux. On ne mangeait plus que des œufs et des haricots verts, on en offrait à tout le monde. Quand ses bosquets étaient en fleurs, notre jardin à la française n'avait rien à envier à la magnificence du château de Villandry. Un matin, on a cessé d'être réveillés par le coq. C'était le 25 décembre. Il n'y avait plus de poules, plus de coq, plus rien, car une famille qui vivait avec deux dollars par semaine en avait fait son repas de Noël. J'ai oublié le nom des poules mais pas que mon cousin Steve, qui les aimait beaucoup, faisait l'appel chaque soir pour vérifier qu'elles étaient toujours vivantes et qu'il était très déprimé par ce silence soudain.

Steve vivait dans le ghetto avec Barbet et ils écrivaient ensemble le scénario de *Tricheurs* d'après l'œuvre de Steve, c'est-à-dire une triche monumentale qui exige beaucoup d'astuces, de créativité mais aussi de capacité anticipatrice, en attendant le déblocage de *Barfly*. Car mon cousin Steve était un très grand tricheur, le plus grand de tous, peut-être. À 18 ans, il avait gagné l'équivalent de plusieurs milliers d'euros à Enghien. Il s'était acheté une voiture de sport, était parti à Monaco jouer, et évidemment il avait tout perdu, car ce qu'aiment vraiment les joueurs, c'est perdre. Puis il avait retriché, regagné, reperdu, il avait entamé des activités plus ou moins honnêtes de falsifications de chèques chez Citroën, et afin qu'il échappe à la prison, ma mère et ma tante avaient décidé de l'expédier au Canada. Car il était encore mineur. Mais à Montréal, la première personne que Steve a rencontrée à sa descente d'avion était sa femme, également joueuse. Quand il est revenu en France, je l'ai présenté à Barbet, ils sont devenus super copains. Ils allaient aux courses ou au casino constamment et avec la martingale de Steve, ils ramassaient l'équivalent de 1 800 euros chaque soir. On vivait avec l'argent de la martingale. Puis Steve est parti à Las Vegas, il a de nouveau contracté des dettes monumentales, et la mafia des casinos l'a obligé à travailler gratuitement pour elle pour une durée indéterminée. Il a réussi à s'enfuir de cet enfer pour aider Barbet à transformer en film ses aventures de tricheur.

J'aimais beaucoup mon cousin Steve. J'ignore si l'on se reverra, s'il est toujours vivant. Il était tellement *sharp*, dans une énergie et une adrénaline inimaginables, car à chaque nouvelle mise, c'était son existence qu'il jouait. On a le même âge à deux ans près, on a fait nos bêtises d'adolescent ensemble. Aux dernières nouvelles, qui commencent à dater, il était de nouveau dans de sales draps. Il n'y a pas de retraite pour les joueurs.

Grâce à Steve, je connaissais à 18 ans la plupart des casinos d'Europe, j'étais mineure, il m'avait fabriqué de faux papiers et j'ai observé que les femmes qui les peuplent n'ont plus rien de Gene Tierney dans *Shanghai Gesture* ou de Jeanne Moreau dans *La Baie des Anges*. Si bien que quand Barbet préparait *Tricheurs*, j'ai insisté pour éliminer tous les artifices du costume, de maquillage, de coiffure, qui participent au stéréotype de la femme fatale. Je ne suis pas joueuse mais je me laisse prendre à ce qui ressemble à une séance d'hypnose collective où la tension est à son maximum et où un froissement de paupière doit être interprété. Je regarde les gens jouer, leur exaltation concentrée, le temps qui se délite et se précipite dans l'enfer ou la gloire. J'ai beaucoup été sur les champs de courses avec Bukowski, Barbet et Jean-Jacques Schuhl. Il n'y a rien de plus beau que des chevaux qui partent au galop. On a mal pour eux.

La vie dans le ghetto n'était quand même pas tranquille. Une nuit, un jeune homme a eu la main coupée à la machette parce qu'il faisait de la musique et que ça dérangeait les voisins, il a fallu la lui recoudre, j'ai oublié comment. Un début d'après-midi de soleil, on m'a tiré dessus pendant que je faisais la vaisselle, une balle est passée au-dessus de mon épaule, c'était après un déjeuner très sympathique avec Serge Toubiana et Olivier Assayas et la conversation animée s'est poursuivie quand je suis revenue dans le salon. Il n'y avait pas de volonté de me tuer, c'était une balle perdue. Il n'empêche qu'elle n'était pas passée loin, il y avait un petit trou dans la vitre au-dessus du robinet. Pascal Bonitzer, qui habitait chez Barbet pour coécrire le scénario de *Tricheurs*, n'était pas tellement rassuré. On se faisait voler constamment nos roues arrière de voiture qu'on rachetait aux voleurs qui s'engageaient à ne pas recommencer. Sauf qu'ils expliquaient qu'ils n'avaient pas promis de ne pas voler les essuie-glaces, ni l'autoradio, ni les phares, ni les fauteuils, ni les roues avant. J'ai un souvenir super joyeux de la vie dans ce ghetto qu'on a oublié de filmer. Il ne reste aucune trace du jardin à la française, ni des poules, ni du poulailler six étoiles, ni de la voltige des sacs, ni des relations avec les voisins, ni surtout de la cheminée que Steve, dans sa folie de bâtisseur, avait construite d'après des plans de Léonard de Vinci près de la porte d'entrée. C'était une splendeur de sophistication. La cheminée a mal fini. Elle a pris feu et elle a brûlé la porte d'entrée. Comment vivre dans ce quartier sans porte d'entrée ? Je suis retournée dans mon XVIe arrondissement parisien.

Ce que j'y ai fait ? J'ai oublié. Je n'ai pas toujours besoin de faire. Être avec ma mère. Être avec Pascale. Lui acheter un Solex, qui est immédiatement volé, alors qu'aujourd'hui je serais incapable d'acheter un scooter à un adolescent, j'aurais trop peur qu'il ait un accident. Être avec ma mère et Pascale. Être au téléphone avec Bernadette Lafont. Être pendue au téléphone avec Bernadette, comme on disait à l'époque, quand les téléphones avaient un fil. À nous raconter nos coups de cœur. Bernadette voulait toujours avoir mon avis sur ses nouvelles amours, je n'en avais pas toujours ou ne lui en faisais pas part. À partager nos inquiétudes au sujet de nos enfants. Je n'ai pas refusé mon rôle de mère, même si je ne l'ai pas tenu de manière conventionnelle. Les très grosses angoisses que peuvent avoir les parents à l'adolescence de leurs enfants, je les ai éprouvées moi aussi et j'ai dû me débattre pour chercher des solutions. Comme on vivait beaucoup ensemble, ma mère, Pascale et moi, il y avait une grande discrétion, qui était le secret de notre entente. On avait une proximité d'autant plus grande qu'on n'était pas intrusives les unes envers les autres. J'ai appris longtemps après sa disparition que Pascale allait souvent aux réunions du groupe féministe de la réalisatrice Carole Roussopoulos, au côté de Delphine Seyrig, qui se tenaient dans le cinéma. Je peux toujours rêver que Pascale a été filmée par Carole Roussopoulos et Delphine et qu'elle est enfouie dans une pile d'archives numériques inexplorées.

Je n'ai pas oublié la douceur de la lumière dorée cette fin d'après-midi de juin et notre bonheur de nous retrouver, Bernadette et moi, dans un café à côté de l'église Saint-Eustache, aux Halles, deux amies qui parlent de leurs coups de cœur et de choses et d'autres, insouciantes. Avant de se quitter, on a saisi un journal qui traînait sur une table, il me semble que c'était *Libération*, on n'était pas au parfum des nouvelles de la veille, c'était l'époque où les gens aimaient acheter les journaux, ils supportaient très bien qu'il y ait un décalage d'un jour ou davantage entre le temps de l'événement et celui de sa transmission. Et de vraies larmes silencieuses se sont mises à couler sur nos joues au même instant. On venait d'apprendre que le fils de Romy Schneider s'était empalé sur la grille en rentrant chez lui et qu'il en était mort. On pleurait sur la souffrance de cet enfant et de sa mère, dans l'ignorance totale qu'une catastrophe de ce genre puisse nous atteindre.

Pascale est venue, bien sûr, à Los Angeles, dans la maison sur la plage. Elle y a passé du temps, avec ses amis, ses amoureux ou seule avec moi. On faisait des virées ensemble, en voiture, dans des quartiers où les gens ne vont pas. On avait le même regard, on était arrêtées par les mêmes bizarreries dans la rue. Je me souviens qu'on était entrées par hasard dans un entrepôt où étaient vendus des vieux vêtements en cuir, comme il n'en existait pas en France, et elle y avait acheté des *cockering* qu'elle avait détournés. Personne ne savait en France ce qu'étaient ces bracelets de cuir qu'elle porte sur les photos. En revanche, j'avais refusé qu'elle nous rejoigne dans la maison du ghetto. Elle était déjà trop âgée et intrépide pour qu'on l'empêche de se balader. Or, il était impossible de sortir seule dans le ghetto. Des femmes se faisaient violer ou assassiner pour une petite chaîne en or dans les rues adjacentes.

Je n'ai jamais oublié l'unique fois où j'ai pensé qu'un rôle était pour moi. Une seule fois, c'est très peu dans la vie d'une actrice, donc il est tout à fait normal que je m'en souvienne. Et encore, je n'aurais eu aucun ressentiment s'il m'avait échappé. J'aurais oublié à quel point j'avais pensé que le personnage de Genia dans *Terre étrangère* d'Arthur Schnitzler m'était destiné et me permettrait d'exprimer mes pensées les plus cachées et de les garder secrètes. On était sur l'île de Madère, au Portugal, sur le tournage de *Tricheurs* dont le personnage principal, joué par Jacques Dutronc, est inspiré de mon cousin Steve. Paulo Branco, qui produisait le film, oubliait tous les jours de m'apporter une enveloppe kraft supposée contenir un scénario. Les oublis de Paulo n'avaient aucune importance car je ne lis jamais de projets quand je tourne, surtout quand le film ne roule pas, qu'il est bourré de cactus. Barbet avait promis au vrai propriétaire du casino qu'aucun membre de l'équipe ne jouerait, et certainement pas mon cousin, présent en tant qu'expert de la triche et acteur, car Barbet lui avait confié ironiquement le rôle du directeur du casino. Le casino restait ouvert quand on ne tournait pas, et une nuit, Paulo et mon cousin ont disparu. Barbet les a retrouvés, comme dans le film, titubant de table en table, harassés et drogués par le jeu, pariant des sommes hallucinantes, l'argent du film. En attendant que le tournage reprenne, on picolait. On picolait et on jouait. Petit à petit, toute l'équipe a perdu son salaire à la roulette. Un matin, Paulo Branco m'a tout de même tendu l'enveloppe kraft. Il s'était trompé, il ne s'agissait pas d'un script mais d'une pièce de théâtre : *Terre étrangère* d'Arthur Schnitzler, dont on ne connaissait en France pratiquement que *La Ronde*. Je n'aime pas lire le théâtre, je préfère attendre de répéter pour comprendre, j'ai besoin que les mots passent par le corps, le sens décante lentement chez moi et, pourtant, cette pièce, je l'ai lue d'une traite. Il devait y avoir des analogies secrètes entre Genia et moi, car je me suis immédiatement projetée. Mais de retour à Paris, je ne me suis pas précipitée, je savais qu'il était trop tard, que forcément le metteur en scène, Luc Bondy, avait établi sa distribution. C'était la première fois que Luc Bondy venait travailler en France, son travail était plus que remarqué en Allemagne, en Autriche, mais il était encore inconnu ici. Patrice Chéreau l'avait invité dans le tout nouveau théâtre des Amandiers, à Nanterre, qu'il dirigeait et dans lequel il avait créé une école de comédiens très prisée. J'avais entraperçu Luc, quelques années auparavant, on était restés chacun sur un trottoir, à Hyères, on s'était souri. J'étais juré dans un festival de cinéma où son premier film était sélectionné, et j'avais bataillé pour qu'il reçoive le grand prix, forcé ma nature, obtenu gain de cause. J'ai oublié pour quelle raison François Mitterrand, candidat à la fonction suprême, était venu nous saluer à Hyères en compagnie de Jack Lang. Il écumait la France, le moindre de ses recoins, le plus petit des festivals. Ce qui est certain, c'est que Luc Bondy, dont le film était projeté, n'était pas parmi nous. Le bruit courait qu'il était un rescapé. Il y avait une aura de mystère autour de lui. Après le tournage de *Tricheurs*, j'ai laissé filer des semaines, avant de présenter mes excuses à l'administration du théâtre des Amandiers, leur expliquer que je n'avais pas reçu la pièce à temps, que j'étais désolée, vraiment désolée.

Luc avait toujours faim. Moi, j'étais plutôt anarchique dans mes repas. On a été dîner à La Coupole et il m'a embauchée au feeling, sans audition, en partie grâce au *Charme discret de la bourgeoisie* dont il m'affublait quoi que je fasse. Je vomissais sur le trottoir un dîner très cher arrosé de vodka pour fêter avec tous les acteurs la constitution de notre équipe : « Voilà, c'est le charme discret de la bourgeoisie qui continue. » J'ai oublié le détail des aventures dans lesquelles m'entraînait Luc car elles étaient quotidiennes, les coq-à-l'âne étaient permanents, il suffisait d'être avec lui pour marcher sur un sol sismique.

J'ai oublié le point de bascule : comment le théâtre des Amandiers est devenu avec tant d'évidence ma deuxième maison alors que j'étais si impressionnée par Patrice Chéreau, malgré des vacances passées ensemble quelques années auparavant, à Portofino, chez son assistante italienne, où chacun avait une vie secrète qu'étaient censés ignorer les autres. Patrice préparait un opéra, on le voyait arriver de loin, toujours avec ses cahiers sous le bras à la plage ou au café, sans s'autoriser une minute de répit. Pour moi, il était le théâtre même, le théâtre en mouvement. Quand Patrice Chéreau se déplaçait, le corps et l'expression complètement engagés dans une réflexion, on devinait qu'il était en train de régler quantité de questions de mise en scène qui se reposeraient différemment la minute d'après, et on hésitait à le déranger. Luc Bondy, lui, avait la même cavalcade d'interrogations qui le traversait, mais de manière éparse et joueuse, il comptait sur sa distraction, il espérait qu'elle l'aiderait, que les ébauches de solution se dessineraient au moment où il s'y attendrait le moins. Il savait que ce n'est pas la peine de tarauder la volonté. Sinon elle se braque. Luc détourne, blague, perd ses téléphones, ses livres, semble penser à autre chose. Puis soudainement, il délivre une indication limpide, l'air de rien. Ce peut être le surnom qu'il donne à un personnage, « Madame Pinochet » pour « Madame Argante » dans *Les Fausses Confidences*. Et tout d'un coup, le rôle s'éclaire, on peut repartir. J'ai tout oublié de ma vie, sauf qu'on riait ensemble à en mourir.

On le dit toujours mais j'ai envie de le répéter car les histoires d'amitié et de créations collectives, les bonheurs qu'elles engendrent, et l'énergie et le désir de vivre qu'elles suscitent sont de celles qui m'émeuvent le plus : Patrice Chéreau n'aurait jamais conçu son théâtre des Amandiers sans Richard Peduzzi, scénographe, décorateur, peintre, c'était un lien à la vie, à la mort, depuis leurs débuts, et qui a continué jusqu'au dernier souffle de Patrice. Il y a, parmi toutes leurs aventures, cette mise en scène de *La Dispute* de Marivaux, qui continue d'exister alors même que ceux qui l'ont vue disparaissent, où Richard avait créé au fond de la cage du théâtre une évasion : une véritable forêt, et c'était magique. Il y avait tout, au théâtre des Amandiers : une école de comédiens et des ateliers de construction de décors, que Richard avait inventés.

Terre étrangère a été parmi les répétitions les plus euphoriques qui soient, emportée par l'humour de Luc, et pourtant, juste avant le flux de bonheur de jouer avec Michel Piccoli, Didier Sandre, Alain Libolt, Dominique Blanc, il y a eu la tétanie. Un déluge de timidité m'envahissait dès que je passais le seuil du théâtre. Il y avait l'effervescence de l'école de comédiens dirigée par Pierre Romans, qui me rappelait que j'avais été étudiante et que je ne l'étais plus, même si les élèves étaient beaucoup plus ambitieux que nous l'étions. Curieusement, je n'ai aucun souvenir de m'être sentie expérimentée. Je ne connaissais pas Luc Bondy, je n'avais jamais travaillé « à l'allemande », c'est-à-dire en commençant par être sur le plateau, sans aucune lecture à la table préalable du texte. J'étais déconcertée par la foule de détails qu'il fallait inventer avant de se familiariser avec la pièce. Je ne parvenais pas à m'exposer. Patrice Chéreau était dans les murs et Genia se dérobait. Je ne savais pas comment la démarrer quand elle est seule sur scène, sans interaction. Mes difficultés agaçaient Luc qui a proposé qu'elle mange des œufs à la coque. Ils ne sont pas restés, il y a eu un deuxième service avec du café, mais ces œufs ont amené des assiettes, une table, des chaises, des petites cuillères qui m'ont permis de me sentir chez moi. J'ai tellement aimé le décor d'Erich Wonder avec sa pelouse d'herbe fraîche qu'il fallait changer tous les jours à cause des talons qui la marquaient, l'immense terrain de tennis creusé dans le plateau qui nous interdisait de le traverser, il fallait contourner le tennis, la terrasse d'où l'on regardait les balles passer et entendait leur bruit pendant qu'on jouait. J'aurais voulu rester y vivre. Je me souviens d'un type très drôle, concierge dans le grand hôtel qui constituait le somptueux deuxième décor tout en intérieur. Cet acteur si doué, que personne ne connaissait, était Jean Reno. Je suis toujours la dernière à trouver la tonalité, mais quand j'y suis, j'y reste, c'est sans demi-mesure.

J'ai oublié de quoi on discutait après la représentation jusqu'à 6 heures du matin, avec Luc et Patrice. Il était improbable qu'ils deviennent si proches, qu'ils aient tant de plaisir à être ensemble et à discuter. Et encore plus improbable que je sois des heures et des heures au côté de Patrice qui se déplaçait avec sa bande de garçons et n'avait pas tellement besoin d'amitié féminine. Il y avait des cocktails, la vodkaboumboum. Pour tenir toute la nuit, il faut des moyens, et à cette époque, on en avait beaucoup.

J'ai sorti des kilomètres de robes, de jupes, de vestes, il y avait plein de vieux trucs dans les poches, des médicaments qui n'existent plus et dont je me demande à quoi ils pouvaient bien servir, du schtunz et du blitz périmés, j'en ai pris un, ça ne peut pas me faire de mal, un paquet de Marlboro inentamé sans publicité contre la mort a dégringolé d'un sac. Ensuite j'expulserai avec la même énergie les tee-shirts, les pulls, les chaussures, les foulards. J'ai remonté les housses de la cave, et je les ai installées dans le grenier du cinquième, dans les anciens bureaux de Périphéria, la maison de production d'Anne-Marie Mieville et Jean-Luc Godard, on ne peut plus se déplacer. Il n'y a peut-être plus rien dessous, tous mes cachets ont volé en achat de housses vides. Une femme est venue de Bordeaux avec une gigantesque malle, elle a tout pris, c'est enthousiasmant. Mon amie Eugénie a rempli elle aussi une très grande valise qu'elle a eu du mal à fermer. Tout doit disparaître, c'est comme la mémoire. En remuant les affaires, une photo de Jean-Luc Godard, courbé par le vent, le dos perpendiculaire à un palmier, a glissé. Il rit. Au dos est écrit de son écriture ronde : « La connaissance est au pied des palmiers. » Anne-Marie Mieville et lui n'ont jamais terminé leur déménagement. C'est trop tard maintenant pour qu'ils s'y remettent.

Je suis contente, la table autour de laquelle on se réunissait pour préparer *Céline et Julie vont en bateau* a été sauvée par Jean-Marc Granger, le directeur de la Comédie de Clermont à Clermont-Ferrand qui l'a embarquée pour son théâtre quand je lui ai dit qu'elle partait au rebut. Il a aussi pris deux tabourets, qui avaient tout de même joué dans *Perceval le Gallois*. Autour de cette table, on s'amusait à parler en faux alexandrins pour écrire nos dialogues. Marie-France Pisier commençait une phrase, le scénariste Eduardo de Gregorio la poursuivait, Jacques lui répondait et je prenais le relais. Chacun répondait à l'invention des quatre autres par sa propre fantaisie. Tourner avec Rivette, c'est résoudre un rébus.

J'ai oublié toutes les représentations de *The Winter's Tale* de Shakespeare monté par Luc Bondy, au théâtre des Amandiers à Nanterre, mais pas qu'elles ont eu lieu après la mort de Pascale, j'ignore combien de mois ou d'années après, le temps ne se démembrait plus, il n'avait plus de mesure, plus d'heures, plus de semaines, il s'était rétracté en boule, une boule élastique qui m'englobait et dans laquelle je roulais, et je roule toujours, la boule est devenue plus petite, elle est ma maison, car moi aussi, je rapetisse. J'ai oublié la pièce de Shakespeare que je ne réussis pas à appeler autrement que *Winter's Tale* car *Conte d'hiver* m'évoque irrémédiablement le film du même titre qu'Éric Rohmer a tourné quelques années plus tard. Mais pas que mon personnage, cette reine qui meurt de chagrin après avoir perdu sa fille puis son fils, à cause d'une jalousie folle de son roi qui se nourrit d'elle-même, m'était insoutenable. Je devais cependant très bien la jouer, puisque son chagrin faisait écho au mien. J'ai oublié les détails de cette Hermione si terrible, mais pas la main entre mes omoplates de Patrice Chéreau, qui, chaque soir me poussait pour que j'entre en scène, non pas à 20 h 01 ou 20 h 02, mais à 20 heures précises, il ne supportait pas que quiconque ait ne serait-ce que dix secondes de retard, et j'étais tétanisée par le trac, si je n'avais pas eu cette main qui me projetait sur la scène, je me serais peut-être encore glissée dans les coulisses du théâtre, entre les interstices qui mènent au plateau, à attendre des représentations qui ont déjà eu lieu, actrice oubliée, dévorée par le trac. Mais il y avait Patrice, qui veillait sur tout, les voitures des spectateurs, comment elles étaient garées, qui remettait du papier dans les toilettes juste avant que le public n'arrive, et qui était là, chaque soir, chaque matinée, pour me projeter sur la scène, alors même que la mise en scène n'était pas de lui, mais de Luc Bondy. J'ai gardé entre mes omoplates l'empreinte invisible de sa paume qui m'encourage et je la sens encore aujourd'hui, certains soirs. *The Winter's Tale* était particulier car j'étais la première à entrer sur le plateau, ce n'est pas pareil quand un partenaire y est déjà ou que le spectacle a commencé.

J'ai oublié les trois mots parfaits que me disait Patrice, lorsque je lui demandais de venir dans ma loge pour m'aider à prendre une décision, résoudre un dilemme intime, mais je sais que toujours il montait me voir, et que les trois mots qui franchissaient ses lèvres avaient le pouvoir de me permettre de continuer, c'était après la mort de Pascale, je n'étais plus complètement en vie, mais en survie. Pour parvenir à être cette Hermione dont les enfants sont sacrifiés, je devais glacer mes émotions exactement comme du sucre glace sur un gâteau. Entre la robe blanche rigide et brillante et ce sucre glace, j'ai oublié ce que je transmettais au public, j'ignore ce qui se voyait, mais je me souviens que dans la deuxième partie de la pièce de Shakespeare, il me fallait tenir une heure sans bouger dans un cercueil de verre, et je pensais à Madeleine quelques années auparavant, dans *L'Éden Cinéma*, elle aussi dans une longue boîte sombre sur scène mais c'était sans doute un stationnement dans l'habitacle de la mort plus bref que celui de la reine Hermione. J'ai adoré avoir pour partenaire Michel Piccoli qui était mon roi dévoré par cette jalousie sans motif. Il est peut-être le seul acteur que je connais qui sur un plateau soit exactement comme les enfants quand ils jouent et qu'ils prennent leur jeu au sérieux, ne supportent pas d'être interrompus, accordant autant de réalité à tous les éléments fictifs. Michel Piccoli est généreux avec ses partenaires, il nous aidait tout le temps, tout en étant à part. Après tout, c'était une star, Piccoli. Mais une star sans agent, hors système, sans intermédiaire. Après la représentation, je ne rentrais pas chez moi dans ma petite Coccinelle, dans laquelle la mère de Barbet a toujours refusé de monter car c'était la voiture de Hitler. Elle n'a jamais parlé allemand, sa langue maternelle, à ses enfants, ni utilisé des objets de marque allemande. J'ai oublié comment, par quel miracle, vers 7 heures du matin, j'étais dans mon lit. Je ne sais plus rien de ce trajet que j'ai fait si souvent et qui est plutôt simple quand on habite avenue Pierre-Ier-de-Serbie, et que je ne saurais pas refaire aujourd'hui avec ma Smart. C'est drôle comme le lieu de la plus grande exaltation, du plus grand bonheur, celui de l'utopie existante, comme le fut le théâtre des Amandiers quelques années auparavant, à l'époque de *Terre étrangère*, a pu se transformer en endroit qui capitalise la souffrance, mais auquel on tient et qui aimante, j'aurais été incapable d'être ailleurs. Il n'y a pas de troupe constituée en France, à part à la Comédie-Française et peut-être au théâtre du Soleil. Si bien que quand on a la chance d'entrer dans une ruche, on y reste tant qu'elle existe. Je crois que Patrice a cassé son théâtre, parce qu'il voulait tourner des films, bien sûr, mais aussi parce que des très proches ont commencé à se disséminer, à mourir de surdose, et il y avait les ravages du sida également. C'était insupportable. On passait notre vie au cimetière. L'école de Nanterre ne pouvait pas survivre à la mort de Pierre Romans, retrouvé avec un téléphone à la main. Il était urgent d'aller respirer ailleurs. Ça a été une énergie folle, pendant huit ans. Les acteurs croisaient les élèves, les metteurs en scène, les auteurs et les spectateurs. Ça nous a tous fait vivre très vite, peut-être trop vite. À la fin, nous étions épuisés, il fallait passer à autre chose.

Les circonstances du deuxième viol ont resurgi en même temps que le visage du restaurateur que je trouvais si beau et dont j'étais à la recherche des traits évanouis depuis dix ans au moins. Le souvenir est apparu pendant un repas solitaire aux harengs. Il a eu lieu pendant cette période chaotique, après une représentation de *The Winter's Tale*. Pour une fois, je n'étais pas restée au théâtre avec Luc et Patrice. J'étais tranquille, enfin sans doute plus ou moins tranquille, tranquille avec beaucoup de bémols et de dièses, tranquille comme je pouvais l'être à l'époque, c'est-à-dire en survie, au bistrot en bas de chez moi. Un homme, avec les santiags de Johnny Hallyday et un chapeau de cow-boy, m'a demandé s'il pouvait s'installer à ma table. J'ignore pourquoi je me souviens de sa manière de commander « une bière sans verre ». Il n'y avait pas de place ailleurs, j'ai acquiescé, même s'il y avait quelque chose d'appuyé qui sonnait faux dans son attirail vestimentaire. Et malencontreusement, un petit sachet blanc, comme il en circulait aux Amandiers, est tombé sous la table de la poche de mon manteau pendant que je le retirais de la chaise pour faire une place au cow-boy. Je me suis penchée pour ramasser la minuscule enveloppe, mais une santiag l'écrasait. « Est-ce que je peux vous suivre ? » La question était bizarre car elle n'en était pas une et que d'habitude les policiers exigent plutôt qu'on les suive. J'étais coincée, il y a eu conciliabule, chantage, j'ai regardé mon ami restaurateur dont j'ai si longtemps oublié le visage après qu'il a vendu son bistrot. Je n'avais pas d'autre choix que d'accepter cette escorte, car sinon j'allais au poste. L'homme m'a poussée jusqu'à chez moi, il me collait dans l'escalier du cinquième étage, il soufflait contre moi pendant que j'insérais les clefs, j'ai appris ensuite qu'il n'était pas un flic en civil comme j'avais cru le deviner, mais un commissaire. Il a posé ses deux revolvers sur la table en bois de la salle à manger sur laquelle on a inventé, Jacques Rivette, Marie-France Pisier, Eduardo de Gregorio et moi une partie de l'ossature de *Céline et Julie vont en bateau* en s'amusant infiniment, et l'homme m'a plaquée sur mon lit. Peut-être étais-je pétrifiée, mais j'ai oublié ma peur au profit de l'image de la santiag qui écrase le sachet et que je trouvais drôle, comme un cliché. J'ai pensé qu'il y a une heure à peine j'étais la reine Hermione et que c'étaient les mots de Shakespeare qui traversaient la pièce, on change vite d'emploi dans la vie. « Dites-moi ce que je peux espérer de la vie qui puisse me faire peur de mourir. » Cette phrase magnifique de Hermione, la plus belle réplique que j'aie peut-être jamais dite, tournait en boucle. J'ai pensé que ce n'était pas la peine de refuser tous les films français qui contenaient des scènes que je jugeais glauques ou lourdes, si c'était pour vivre encore plus glauque et plus lourd. J'ai pensé à mon agent Gérard Lebovici, qui avait été assassiné peu de temps auparavant, quand il me questionnait chaque fois qu'on me proposait un film qui pouvait attirer plus de cent spectateurs : « Vous n'allez quand même pas faire ça, Bulle ? » J'ai pensé que ce n'était pas parce que je me faisais violer que je n'allais pas être fichée, il ne faut pas être naïve. J'ai pensé que ma mère allait être très triste si je faisais la une de *Paris Match* à cause d'un petit sachet. Puis que ça n'intéresserait pas tellement *Paris Match*. Je pense que j'avais peur, beaucoup plus peur que je le dis, mais qu'en même temps j'étais fataliste et indifférente. « Dites-moi ce que je peux espérer de la vie qui puisse me faire peur de mourir », la phrase circulait en moi qui me permettait de prendre un peu de distance et d'avoir une certaine prestance malgré la position humiliante. C'était un garrot contre la vulgarité, un antidote à l'intrusion. Pendant qu'il s'obstinait sur moi, le commissaire a été pris d'un malaise. Il m'a libérée en vacillant et il n'a pas omis dans sa chute de reprendre ses deux revolvers sur la table en bois. Tout a donc une fin. J'ai oublié si je suis immédiatement descendue voir mon ami le restaurateur pour évaluer les risques d'un fichage, mais pas qu'il m'a dit : « Ne t'en fais pas. » Les jours suivants, les mots sont restés bloqués. Je n'ai rien dit à Luc car ce n'était pas le moment, il aurait fallu qu'il puisse écouter. Je n'ai rien dit à Patrice, parce que franchement ça ne le regardait pas. Je n'ai rien dit à Barbet qui aurait été fou de rage en dépit de l'océan entre nous. Il n'aurait rien supporté : ni le sachet, ni le commissaire, ni le viol chez lui après une représentation aux Amandiers de Nanterre, ni que j'en sois l'objet. Finalement je n'ai rien dit à personne à part au restaurateur qui avait été témoin de mon rapt. Le lendemain, j'ai joué. Très bien, je crois.

J'ai oublié à quelle période j'ai décidé de reprendre des forces en allant me reposer dans une maison dédiée au sommeil. Je me souviens qu'une jeune femme aussi mal en point que moi a frappé à la porte de ma chambre, qu'elle m'a dit qu'elle m'avait aperçue dans la salle d'attente de sa grand-mère pédiatre avec ma fille Pascale, et une amitié est née. Pauline est venue vivre à la maison pendant deux ans, elle dormait dans le bureau de Barbet, et toutes les deux, on a grimpé des petites marches, on s'est épaulées et on a beaucoup ri.

Je me souviens que Michel Piccoli fanfaronnait en disant : « Je ne joue plus parce que j'ai perdu la mémoire. On ne veut plus m'assurer. » Il a annoncé sa maladie au lieu de la cacher. Pourtant, je ne crois pas que Michel ait souffert de l'ennui qui me submerge dès que je dois apprendre seule chez moi des répliques. Je n'ai jamais aimé ce numéro de cirque solitaire qui consiste à essayer son texte à voix haute de son canapé. J'ai l'impression d'être folle. Alors j'essaie de penser le texte. Mais ensuite, pendant les répétitions, il faut qu'il sorte au son. Et comme je ne l'ai jamais dit, il arrive qu'il me reste dans la gorge, qu'il se bloque.

Avec moi, ça prend toujours un peu de temps. Dix jours avant la première de *Rêve d'automne*, la dernière pièce que Patrice Chéreau a montée en 2010, je butais depuis un mois sur le même passage, les mêmes quatre lignes, qui interrompaient les répétitions. C'était effrayant. L'assistant me soufflait des mots tous les après-midi, et le lendemain, je m'arrêtais encore au même endroit. La veille, en reprenant le travail après la pause, Patrice nous avait raconté l'histoire de cette *prima donna* dans un opéra à la Scala qu'il n'avait pas loupée, disait-il. Il lui avait envoyé une chaise sur scène qui avait atterri à ses pieds. J'avais ri et pensé : « On ne traite pas une *prima donna* ainsi. » Le lendemain, on répète l'intégralité de la pièce, je bute au même endroit, et je reçois à mes pieds une chaise. « J'en ai marre, je n'en peux plus. Bulle ne sait pas son texte. J'arrête, je rentre chez moi. La répétition est finie. » Il était 16 heures. Branle-bas de combat. Tout le monde était affolé, affligé, attristé pour moi, consterné pour Patrice qui était déjà malade. On vient me voir dans ma loge. On me console. On me dit des mots affectueux. Tous s'attendaient, y compris moi-même, à ce que je parte, que je quitte la pièce. Après tout, je n'avais pas signé mon contrat, je signe toujours très tard les contrats. C'était très violent. Jamais, à dix jours d'une première, Patrice Chéreau n'était rentré chez lui, parce qu'un acteur ne savait pas son texte. En même temps, je savais qu'il n'était pas un maestro capricieux. Qu'il n'était pas dans l'autoritarisme mais dans la volonté. Je savais qu'il avait raison et que c'était insupportable de devoir interrompre tous les jours les répétitions au même endroit, à cause de moi. Ça m'a fait un tel choc. J'ai eu un Molière pour ce rôle. Je ne l'ai pas mal prise, cette chaise.

Au Louvre où les premières représentations ont eu lieu, tous les acteurs étaient pétrifiés de devoir passer devant les plus belles œuvres du monde avant de retrouver la scène. On courait. On courait encore plus vite qu'Anna Karina, Sami Frey et Claude Brasseur dans la célèbre séquence de *Bande à part*. On rejouait cette scène d'anthologie chaque soir avant d'aller s'exposer, essayant de fermer les yeux pour ne pas perdre nos moyens face à la succession de chefs-d'œuvre. On tentait de ne pas tomber en arrêt devant un Géricault. J'avais un deuxième costume. Il était suspendu à la rambarde qui protège la Joconde de la foule de ses admirateurs. Était-ce une taquinerie de Patrice ? Selon la costumière, il n'y avait pas d'autre endroit pour se changer à proximité du plateau. Et tous les soirs, je me déshabillais sous les yeux de Mona Lisa, qui me suivait du regard quel que soit l'axe où je me plaçais. Je ne pouvais pas m'empêcher d'être déstabilisée par ce changement de tenue.

J'ai oublié dans quel film je dois tourner demain. Je ne l'ai pas oublié, je ne l'ai jamais su. Je joue une pythie grecque qui donne un coup de téléphone à Télémaque. Mais Télémaque n'est pas au bout du fil, si je puis dire, puisque je l'appelle d'un portable. Je n'ai aucune idée de comment je vais faire la pythie. Tout ce que je sais, c'est que mon oracle porte sur la jeunesse et son devenir dans ce film organisé par Marc'O qu'un jeune homme réalise. On a déjà tourné cette scène, il y a deux semaines, mais je connaissais mal mon texte, et surtout la lumière n'était pas raccordée à ce qu'on avait tourné un an auparavant. C'est une participation amicale, et justement, lorsqu'on est dans un film pour des raisons amicales, il faut être encore plus impeccable. Ce n'est pas long, la scène dure deux minutes, mais comme j'oublie, ça m'en prend beaucoup plus. Je suis restée très liée à Marc'O, on s'appelle tout le temps. Il égaie mon esprit en me faisant des conférences sur Joyce, Heidegger, Marx, la mythologie grecque ou l'école de Palo Alto. Je ne me sépare jamais des gens que j'aime.

J'ai oublié l'âge de Manoel de Oliveira, mais sans doute avait-il déjà quatre fois 20 ans, lorsqu'il a eu envie de me rencontrer grâce à Paulo Branco, pour un film complètement burlesque, *Mon cas*, où je porte une perruque brune et où je crie et parle outrancièrement fort et faux, je joue une mauvaise actrice de boulevard, et avant ce rôle, j'ignorais à quel point c'est plaisant de jouer très mal. Manoel était un gagman et un athlète de haut niveau, il a été champion de burlesque dans des one man shows qui ne s'appelaient pas ainsi. J'ai oublié de quoi il riait mais pas qu'il riait tout le temps à la manière de Buñuel qui lui aussi disait qu'une journée sans rire aux éclats est une journée perdue. Comme d'habitude, j'ai commencé par refuser ce personnage extraverti d'une comédienne qui se prend les pieds dans le tapis et que Manoel me demandait d'avoir dans la peau, dès qu'il m'a tendu son scénario que je devais lire chez moi, devant lui, avec le ton. C'était terrifiant. « Non merci, monsieur Oliveira. Un rôle, ça se réfléchit, ça se travaille. » La réponse est celle d'une pimbêche, car, dans le fond, je ne sais pas avec quelle épuisette on attrape un détail qui va permettre de constituer la totalité d'un rôle, et qui permet de se sentir chez soi. J'étais triste, si triste, je pleurais toutes les larmes de mes yeux, d'avoir dit non à un génie, au prétexte qu'il attendait de moi que j'invente sans y penser, comme on enfile une robe, instantanément. Trois jours avant le tournage un scénario était redéposé dans ma boîte aux lettres avec un mot de Paulo Branco, alors que je n'avais pas donné mon accord. Paulo pense que je dis toujours non et que mes refus ne sont que de l'indécision. En lisant le scénario la nuit, j'ai vu qu'il y avait des millefeuilles de texte à apprendre, des monologues, et que je ne les saurais jamais à temps. J'ai passé une nuit blanche dans l'indécision la plus totale, dès que j'étais certaine de ne pas faire le film, l'inverse devenait la bonne solution, et le court-circuit a duré toute la nuit. J'ai pris le train pour Le Havre où avait lieu le tournage le lendemain matin pour donner ma réponse en mains propres, si j'ose dire, mais je ne savais pas laquelle. Manoel de Oliveira m'attendait, il m'a donné une seule indication, j'ai oublié laquelle, il m'a tendu une robe lamée charleston de six kilos que j'ai enfilée et qui me sciait les épaules, ce n'est rien par rapport au poids du deuil. Je me souviens que j'étais blonde comme toujours et que la couleur de mes cheveux ne lui plaisait pas. Pourquoi choisir une actrice blonde si on est certains qu'elle ne correspond pas ? J'ai repris le soir même le train pour Paris, j'étais tétanisée. Re-nuit blanche, re-train pour Le Havre. On était deux jours avant le début du tournage. On a repris les répétitions. Ou plutôt, on jouait qu'on répétait une très mauvaise pièce de boulevard en cherchant l'inspiration. Je me souviens que l'un des acteurs, Axel Bogousslavsky, passait en disant : « Je suis un rat. » Il n'arrêtait pas de dire : « Je suis un rat. » J'étais toujours avec mes propres cheveux, qui ne convenaient pas. Et soudainement, Manoel a disparu. Il n'a pas disparu une heure ou deux se promener dans la ville, non. Je regardais Paulo Branco, qui n'avait pas l'air inquiet. Prise par l'angoisse de l'évaporation de Manoel à la veille du premier jour du tournage, j'avais oublié que je n'avais toujours pas donné mon accord, ni signé mon contrat pour jouer cette extravagante mauvaise actrice qui commençait à me rentrer peut-être dans la peau, du moins dans la tête. Manoel est revenu vingt-quatre heures plus tard, en me tendant une perruque brune. Voilà ce que ce jeune homme de 80 ans avait été faire à quelques heures du commencement de son tournage : prendre le train pour Paris, courir tous les magasins de perruques, en choisir une lui-même, l'essayer. Au taquet, il aurait très bien pu déléguer cette tâche à un accessoiriste. Cette perruque de Louise Brooks sur la tête, quelque chose a lâché, j'en faisais des tonnes, et plus j'en faisais, plus il était content, il battait des mains, j'en rajoutais, et sa femme à côté de lui était impassible, toujours assise sur un pliant, elle murmurait à son oreille en portugais, elle ne le quittait jamais et lui non plus. La caméra ne tournait pas. J'ai compris que, contrairement à ce que j'avais cru lorsqu'il m'avait demandé de lire son scénario à haute voix toutes affaires cessantes en mettant le ton, Oliveira était un homme capable de prendre son temps, de s'arrêter deux jours pour chercher un plan, comme Rivette et Buñuel. J'étais rassurée.

J'oubliais tout. Comme j'oubliais tout, mes lunettes, mon texte, mon écharpe, mes papiers, mes médicaments, on m'avait accordé, pour la première et seule fois de ma vie, l'aide d'un assistant, que j'appelais mon *go-between* parce qu'il passait son temps à faire le trajet entre l'hôtel et le plateau, et inversement. On a développé une grande sympathie, lui et moi. Lui, c'était Xavier Beauvois, il avait 17 ans. J'ai oublié à quel moment il m'a lancé cette phrase qui m'a scotchée : « Quand je ferai mon film, je te mettrai dedans et tu seras ma mère. » Voilà ! Il était à peine sorti de l'adolescence, et il prévoyait déjà de tourner son premier film et il avait en tête la distribution ! J'ai pensé à l'ingénuité des jeunes gens qui s'imaginent toujours que c'est facile de devenir cinéaste. J'ai envié sa confiance et son optimisme. Et finalement, ce premier film existe, et je joue bien sa mère dans *Nord*. J'aime bien quand tout se passe comme on l'a décidé dans un fourré d'imprévus. Xavier m'avait dit qu'il n'avait jamais pris l'avion. Quand une représentation de *Savannah Bay* devant les têtes couronnées des Pays-Bas est venue s'intercaler entre deux plans de *Mon cas*, je lui ai offert son baptême de l'air. Madeleine était enchantée de jouer devant les reines, elle avait été déçue que la principauté ne nous gratifie d'aucun petit mot, quand on a joué à Monaco. Elle a été de nouveau désappointée à La Haye. À la tonalité des applaudissements et au nombre limité de saluts, elle a interprété qu'on avait mal joué. La pièce était en français non sous-titré, et le public n'était pas francophone, mais sa religion était faite. C'était une mauvaise représentation. Moi, j'étais contente car Marguerite aussi s'était déplacée et c'était toujours un plaisir de retrouver *Savannah Bay*, ce cadeau.

Puis, je n'ai plus cessé, en rafales, de jouer des mères dépassées, égarées ou inquiètes, dans des premiers films que j'acceptais au feeling, par amitié et confiance pour les jeunes cinéastes, et parce que je m'y retrouvais. J'ai oublié quasi intégralement *Circuit Carole* d'Emmanuelle Cuau, mais pas la terreur qui attrape mon personnage lorsqu'elle voit le casque de moto de sa fille sur une chaise, jouée par Laurence

Côte, qui interprétait déjà l'une de mes élèves de théâtre dans *La Bande des quatre* de Jacques Rivette et qui était ma partenaire dans *Le Temps et la Chambre* de Botho Strauss, que montait Patrice Chéreau au Théâtre de l'Odéon. La circulation, les liens secrets, les innervations, les échos lointains : parmi toutes les raisons d'accepter un projet, cette nébuleuse est ce qui m'importe le plus. Ce n'est pas une histoire de clan, mais de sensations. J'avais oublié, ou ça m'a échappé, que, dès mes débuts, j'ai été embarquée dans des personnages de femmes déjantées, Gigi la folle dans *Les Idoles*, Claire dans *L'Amour fou*, Rosemonde dans *La Salamandre*, Paulina dans *Paulina s'en va*, ou encore la mère dans *Faut que ça danse* de Noémie Lvovsky et j'étais touchée qu'elle me demande de prendre modèle sur sa propre mère. Folle, décalée, dérangée, à côté, ça a finalement été l'emploi qui s'est imposé à moi ou à ceux me regardant, sans que j'en aie conscience et encore moins le décide. Comme certaines comédiennes sont reine, diva, prolétaire, d'où qu'elles viennent et quel que soit leur milieu. Ça reste mystérieux, un emploi, et ce n'est vraiment qu'à la toute fin qu'on discerne ce fil obstiné malgré les différences et les oppositions, le désir de ne jamais se répéter. Je sais bien que dans *Deux*, le film de Werner Schroeter, je joue l'une des mères délirantes, joyeuses et effrayantes d'Isabelle Huppert, et que Werner parvenait à me faire quitter toute limite, j'accouchais dans une voiture. Pourtant, ne m'en reste que des bribes de souvenirs. Folle ou démultipliée, Isabelle l'était tout autant, puisque dans cette ode qui lui est dédiée, elle joue tout, son personnage et sa sœur jumelle, l'enfant de 14 ans et l'adulte. J'ai oublié pourquoi Werner tenait à ce que j'assiste au tournage même quand je ne jouais pas. La performance d'Isabelle était si phénoménale que ma mémoire a gommé ma propre partition. Je me souviens du tournage, mais j'ai oublié mon rôle.

Ce sont des années tissées d'amnésie, même le tournage de *La Bande des quatre* de Jacques Rivette s'est égaré en partie. Mais je n'ai pas oublié que j'ai commencé par refuser fermement le rôle de Constance Dumas, cette professeure de théâtre autoritaire si éloignée de moi. Je me suis laissé persuader pour dépanner Jacques, car Jeanne Moreau, pour qui le rôle avait été pensé, s'était désistée à quelques semaines du tournage. Il a fallu beaucoup de diplomatie pour me convaincre d'interpréter une professeure de théâtre alors que je ne me suis jamais autorisé la moindre réflexion sur le jeu d'une consœur, ou le moindre conseil à une jeune comédienne. Jacques a dû reprendre la totalité du script avec ses coscénaristes, Pascal Bonitzer et Christine Laurent, et l'axer sur les apprenties actrices que jouaient avec une grâce invincible, Nathalie Richard, Fejria Deliba, Bernadette Giraud, Inès de Meideros, Laurence Côte. Comme la refonte ne suffisait pas à me convaincre, la productrice Martine Marignac a usé d'un argument inattaquable. « Quand tu joues une ouvrière dans une fabrique de saucisses, tu ne te soucies pas beaucoup de savoir si tu as déjà fabriqué des saucisses. Alors pourquoi être une prof te semble impossible sous prétexte que tu n'es pas pédagogue ? » Être entrée dans la peau de Constance Dumas me fait finalement très plaisir car elle m'a permis de glisser deux ou trois choses que je pense sur le jeu de l'acteur, et de rendre hommage en cachette, sans jamais la nommer, à Madeleine Renaud. C'est beaucoup plus tard, en lisant des entretiens de Jacques, que j'ai appris que derrière la parole de Constance Dumas se dissimulait la plupart du temps celle de Louis Jouvet. Ou peut-être l'ai-je su et oublié.

La vitalité des apprenties actrices du cours de Constance Dumas balaye tous les souvenirs de ce tournage où mon personnage fait corps avec son théâtre, elle n'est qu'exceptionnellement montrée à l'air libre. Toujours, pendant un fragment de seconde, je me laissais prendre à distinguer la silhouette de Pascale parmi elles, dans la salle où j'officiais. « Tiens, Pascale est venue. Elle aurait pu me prévenir. » La pensée avait à peine le temps de naître qu'elle s'effaçait. J'ai découvert que Jacques lui aussi avait éprouvé ce sentiment prégnant : « Bien sûr, il y a l'absence de Pascale. Avec Bulle, nous n'en avons jamais parlé mais j'y pensais tout le temps. Elle aussi, j'en suis sûr. Elle est là, entre les personnages. Un intermédiaire invisible. Un relais. » Il le dit dans une rencontre avec Louis Skorecki, dans un article paru l'hiver 1989 dans *Libération*. Pascale était là et on n'a pas osé évoquer son fantôme de peur qu'il s'enfuie.

Pascale et moi, on a toutes les deux tourné notre premier film avec Jacques Rivette.

Je note cette phrase mais je n'ai pas oublié qu'elle peut être contredite. Pascale et moi avons tourné notre premier film ensemble, qui était aussi celui d'André Téchiné, *Paulina s'en va*. Le tournage s'est éparpillé dans le temps, il a commencé avant *L'Amour fou* et s'est poursuivi deux ans plus tard, je ne sais jamais comment situer ce film disloqué où je joue une femme qui perd la raison. J'ai oublié si ma fille, qui avait 11 ans peut-être, porte des chandeliers ou si elle éteint des bougies.

J'ai oublié que j'ai eu une vie très amusante et joyeuse jusqu'à la disparition de Pascale. Mais cette gaîté s'est fracturée sur la tragédie, ma vie s'est coupée en deux, je suis tombée dans le gouffre entre ces deux falaises, je sais bien que j'ai été cette jeune femme enchantée et chanceuse, qui est restée sur une autre rive et parfois je la rejoins. C'est ce qu'il y a de plus fugitif, la joie, même si elle affleure, pour se volatiliser je ne sais comment. J'ai oublié, comme le reste, l'écume, nos conversations, mais pas la sensation d'avoir beaucoup ri, d'avoir adoré être en bande, et d'en avoir eu de nombreuses à chaque étape de ma vie, souvent grâce à mes amours. Je n'avais aucune intuition que ma vie puisse être capturée par l'horreur. J'aimerais parler d'autre chose, mais cette chose, qui est le noir du deuil, cette douleur explosive, est toujours au plus proche de moi, tapie, elle m'aimante, c'est un effort de chaque jour de m'en détacher pour prendre un visage social. J'y parviens, mais ça me prend la journée. Ce qui m'a sauvée, immédiatement après la disparition de Pascale, c'est d'être actrice. Les gens ont été très gentils, ils me sollicitaient tout le temps. Ils avaient compris qu'il fallait que je sois sur un plateau, que mon métier n'en était pas un, qu'il était un compagnon de vie, qu'on ne devait surtout pas m'en séparer, me laisser seule avec moi-même, aussi paresseuse que je puisse être. Ils avaient l'intuition que j'étais une mauvaise fréquentation pour moi-même durant ces années qui ont suivi la tragédie. Sur scène, je ne sais pas si on oublie qui on est, mais on est traversés de toutes sortes d'émotions, toutes sortes de pensées, tout en étant plongé dans quelqu'un d'autre, d'autres mots, d'autres affects, d'autres problèmes. Ils peuvent être basiques. Une lumière qui ne s'allume pas à temps, un top qu'on a raté, une réplique qui s'est emmêlée ou que le partenaire n'a pas dite, si bien qu'on ne sait plus où on doit se rattraper, il y a une contagion des oublis, mais aussi une vigilance commune. Ou encore une phrase qu'on dit chaque soir mais dont un autre sens percute et surgit comme une vérité, qu'on n'avait jamais entendue pendant les répétitions. C'est très bizarre ce que devient le chagrin, le bloc de douleur qui congèle le corps, sur un plateau de théâtre. J'ai joué le soir après avoir appris la mort de Pascale. La directrice du théâtre avait prévu de renvoyer les spectateurs chez eux, Madeleine Renaud tenait à la représentation peut-être parce que l'annulation faisait perdre de l'argent à son mari Jean-Louis Barrault, mais surtout parce qu'elle ne supporte pas de ne pas jouer. Et Marguerite et Barbet ne m'ont pas laissé le choix, ils estimaient qu'il ne fallait surtout pas que je reste sans rien faire ce soir-là. On m'a prescrit une forte dose de barbituriques, mais il paraît – c'est Marguerite, Luc Bondy, Barbet, Jean-Jacques Schuhl, Ingrid Caven, qui l'ont affirmé – que je n'ai jamais si bien joué.

Il y a eu des moments paranormaux dans mon appartement. Luc Bondy dormait sur le canapé blanc, un cadre est tombé par la fenêtre, et Luc et moi, on s'est retrouvés collés au plafond. On a lévité au même moment.

Pascale nous appelait, trois semaines après être partie. Peut-être était-ce un effet des neuroleptiques ? Mais Luc qui n'en prenait pas a également été aspiré dans les hauteurs. Et durant cette période, je continuais de jouer *Savannah Bay* tous les soirs, et tout se passait bien. J'ai une conscience professionnelle très forte. Jusqu'à présent, rien n'a jamais pu interrompre une représentation.

J'aurais dû rejoindre Pascale au Palace, cette ultime nuit, mais, après le théâtre, je n'ai pas eu le courage de me faire belle et de sortir pour aller au dîner d'anniversaire de Stéphanie de Monaco. Je n'arrivais pas à joindre Pascale pour lui dire que je ne viendrais pas, sa ligne était toujours occupée. Le lendemain, quand je suis revenue de *Savannah Bay*, sur le palier, du haut de cet escalier, Barbet m'a dit : « Pascale est morte. »

Il paraît que je me suis enfermée dans la chambre et que j'ai hurlé. J'ai poussé un énorme cri. Le cri de Munch. Il y avait Ingrid Caven et Jean-Jacques Schuhl tout raides, assis sur ces canapés blancs de bateau qu'on avait rapportés de Los Angeles, ils ne devaient pas savoir quoi dire, ni quoi faire. Comment est-il possible que j'aie gardé ce souvenir si précis de Barbet m'annonçant la mort de Pascale, au retour d'une représentation de *Savannah Bay*, alors que je ne sais même plus aujourd'hui quel jour c'était ? Je ne le sais pas. Je ne comprends rien à la confusion de cette chronologie, malgré la précision de mes souvenirs, pour une fois inaltérables. Beaucoup de mes amis étaient au Palace, cette nuit-là. J'ai donc su très exactement ce qui s'était passé. Et la lenteur aussi, pour appeler les secours, pour faire le nécessaire. Cette lenteur abominable. Je ne connais personne qui soit capable d'empêcher son esprit de refaire le film en arrière après un accident, de manière à en détourner le cours, puis de recommencer inlassablement l'opération. Ça prend des nuits et des nuits d'insomnie, des décennies d'insomnie.

Ma mère, qui avait reçu le flyer pour le dîner d'anniversaire de Stéphanie de Monaco, m'avait dit : « Ne donne pas cette invitation à Pascale, il ne faut pas qu'elle sorte, elle est trop fatiguée. Ne lui donne pas son courrier. » Elle avait raison. Mais je n'étais pas capable de subtiliser des lettres à ma fille de 25 ans, qui ne vivait plus chez sa grand-mère tout en étant domiciliée chez elle. Je lui ai donc donné son courrier. Je trouvais normal qu'elle ait envie de faire la fête après le succès des *Nuits de la pleine lune* et son prix d'interprétation à Venise.

Pascale revient beaucoup en ce moment. Elle revient gaiement, comme une personne vivante. J'ai du mal à croire qu'elle n'est plus là, puisqu'elle est constamment dans mes pensées. Mais ces temps-ci, elle est également à l'extérieur, dans le livre qu'a conçu sa sœur Émeraude Nicolas, dans les salles de cinéma, à la Cinémathèque où *Les Nuits de la pleine lune* ont ouvert la rétrospective consacrée à Éric Rohmer, et dans des articles de presse. Ça me fait très plaisir. Dans le hall du Théâtre national de Bretagne, j'ai entendu une dame dire : « J'ai perdu mon fils il y a très longtemps, c'était il y a trente ans. » Et je me suis aperçue que moi aussi, j'avais perdu ma fille dans les années quatre-vingt. Mais c'est toujours hier.

Je sais que Pascale m'aurait surprise par plus d'une métamorphose volontaire. Car elle était archi-volontaire, Pascale, contrairement à moi. Elle avait atteint l'âge où c'était elle qui m'indiquait les avant-gardes par l'acuité de son regard et sa curiosité, tout ce qu'on ne voit plus à l'œil nu passé 45 ans. L'âge où c'est moi qui la suivais, et qui découvrais grâce à elle le rock métallique et froid des années quatre-vingt et les bandes dessinées. J'ai perdu contact avec la jeunesse, quand j'ai perdu Pascale. Dans mon esprit, elle a toujours 25 ans. Elle est toujours jeune. Sur toutes les photos, elle regarde frontalement l'objectif, elle sourit, elle est frondeuse, alors que je ne regarde que rarement l'appareil, j'ai la tête penchée, le regard en l'air. J'ai toujours été fondue dans un groupe, protégée par Frédéric Pardo, ma mère, Marguerite Duras, Daniel Schmid et, bien sûr, Barbet Schroeder. Elle rayonnait, mais seule, comme on peut l'être au milieu d'une foule, comme les autres acteurs de sa génération et ceux d'aujourd'hui qui luttent isolément pour conserver une place. Pascale était joyeuse et déterminée. J'étais mélancolique et nonchalante, et si heureuse de la regarder avancer à grands pas. Mes amis m'avaient dit : « Ah, elle veut faire actrice comme sa mère. Au mieux, elle fera moins bien. Elle n'y arrivera jamais. » J'étais si emballée qu'elle leur donne tort et reçoive si vite un grand prix d'interprétation. Elle était rapide, moi pas, qui peux rester des mois sans travailler sans aucun sentiment de tristesse. Elle était beaucoup plus actrice que moi. Beaucoup plus professionnelle. Elle était perfectionniste, réfléchie, faisait tout avec excès. C'est comme une grande vague noire qu'il faut traverser, pour ralentir un peu, et se poser dans la vie d'adulte.

Je sais juste que Pascale, devenue une star, a été à la limite de sa vie en défendant *Le Pont du Nord*, auprès d'une personne qui lui avait inspiré le rôle de Baptiste, et qui n'aimait pas le film. Ils se sont disputés. Ce fut son ultime conversation.

Mon seul regret est d'être passée à côté de la psychanalyse. Sans doute qu'entreprise très jeune, à l'orée de la vie d'adulte, cela m'aurait aidée à me défaire de certaines impossibilités.

Je me souviens que Koko se reconnaissait dans le miroir, comme la plupart des êtres humains. Sauf que c'est faux, passé un certain âge, on ne se reconnaît plus dans aucun reflet. On tourne la tête dans l'espoir de s'apercevoir lorsqu'on surprend l'image d'une vieille dame. La femme dans le reflet tourne la tête également. Il faut un bout de temps pour se rendre à l'évidence, il s'agit bien de soi, ou de son enveloppe corporelle, laquelle m'occasionne des péripéties, mes os n'en font qu'à leur tête, ils poussent dans le désordre, ils veulent percer la peau à l'endroit où elle est le plus fine. Il va falloir les raboter. C'est curieux de jouer la même pièce pendant trois saisons, car, à mon âge, comme dans les débuts de la vie ou à l'adolescence, je suis dans un corps qui ne cesse de changer. J'ai laissé faire la vie. Les costumes d'*Un amour impossible* doivent être retaillés.

Barbet et moi, on forme un couple, mais aux antipodes l'un de l'autre. Barbet est toujours sur le départ ou en train d'arriver. Son appartement, c'est sa valise. Une énorme valise grosse comme une banquette, dans laquelle il y a deux mille prises pour toutes sortes d'instruments, compatibles avec l'Amérique, la Suisse, l'Allemagne, l'Espagne. On a tout de même vécu vingt ans ensemble, lui à Los Angeles, moi à Paris, un océan entre nous. Je faisais des petits séjours jamais plus longs qu'un mois et demi sur la plage de Santa Monica. C'est pendant l'une de ces incursions que, tout à trac, Barbet m'a annoncé : « On se marie demain, à Las Vegas. » Dans ma valise, j'avais apporté des vêtements pour les grandes chaleurs et la climatisation, mais aucune tenue un peu coquette. Il m'a dit : « Ne t'inquiète pas, viens comme tu es. » J'étais à la plage, je portais une robe à godets tablier un peu vilaine, la moins sexy du monde. On a pris un petit déjeuner chez notre ami Nick Kazan, on a couru à l'aéroport, un taxi nous a conduits jusqu'à une chapelle et, avant d'y entrer, je vois Barbet se vêtir d'un smoking et mettre des chaussures Berluti. J'ai à peine eu le temps de louer un chapeau-galette ridicule, le modèle que portaient toutes les mariées imprévoyantes. C'était l'une de ces chapelles qui pratiquent le mariage à la chaîne, une noce toutes les quinze minutes comme il y en a mille à Las Vegas. Pas besoin de témoins, la même musique et le même discours pour tout le monde. Ce qui m'a amusée, c'est qu'une grande photo d'Elvis Presley prenait la place d'une représentation du Christ, car il s'était marié, lui aussi, dans ce temple du kitsch et de Dieu.

Puis on est repartis chacun de son côté, Barbet à New York où l'attendait une rétrospective ou autre chose, et moi, à Los Angeles, retraversant le désert du Nevada, c'était fait. Je suis entrée dans le parc de la grande maison silencieuse, me suis promenée la nuit parmi les arbres et la végétation exubérante jusqu'au long de la piscine en contrebas, dissimulée. C'était une piscine mythique, construite pour Esther Williams dans les années vingt. Elle avait été recouverte par la nature qui reprend toujours ses droits à Los Angeles. Et découverte par hasard, en creusant, tel un vestige archéologique, un après-midi de travaux. La maison de Barbet condensait un fragment de l'histoire de Hollywood. Charlie Chaplin et Rudolph Valentino l'avaient fréquentée lorsqu'elle abritait un club de bridge très fermé. Je la regardais de loin, du bord de la piscine. Je n'y suis pas entrée. On a organisé une très jolie fête quinze jours plus tard avec nos amis américains.

Depuis qu'on vit ensemble, il y a eu une multitude de chemins de traverse, mais on ne s'est jamais séparés. Avec qui j'aime être, regarder des films ? Avec qui je suis d'accord sur tout ? Avec qui j'ai souvent choisi l'aventure plutôt qu'un tournage en France ? Barbet. Je ne dis pas qu'il n'y a jamais eu de souffrance. Mais il n'y a pas eu d'incertitude. J'ai toujours su qu'il est l'homme de ma vie et que je suis la femme de sa vie.

Je remercie Anne qui est arrivée à se faufiler dans mes mots pour en faire de la magie.

Bulle Ogier

Je remercie également Sandra Basch pour son premier regard et ses conseils, Bertrand Schefer, pour sa lecture *in extremis* avisée et rigoureuse, et Bénédicte Dumont pour son aide précieuse. Un autre grand merci à Hélène Devynck pour son hospitalité à Patmos.

Anne Diatkine

Bulle Ogier et Anne Diatkine remercient chaleureusement leur éditrice Mireille Paolini pour son enthousiasme, son soutien stimulant et sa présence sans faille.

RÉALISATION : NORD COMPO À VILLENEUVE-D'ASCQ
IMPRESSION : CPI FRANCE
DÉPÔT LÉGAL : SEPTEMBRE 2020. N° 142912 (3039239)
IMPRIMÉ EN FRANCE